# LA PLACE ROYALLE,

## OV L'AMOVREVX Extrauagant.

## COMEDIE.

A PARIS,

Chez Avgvstin Covrbe', Imprimeur & Libraire de
Monseigneur frere du Roy, dans la petite Sale
du Palais, à la Palme.

M. DC. XXXVII.

AVEC PRIVILEGE DV. ROY.

Édition originale.

(Bibliothèque de M. Rondel.)

A

# MONSIEVR...

ONSIEVR,

l'obſerue religieuſe-
ment la loy que vous
m'auez preſcrite, &
vous rends mes de-
uoirs auec le meſme ſecret que ie traiterois
vn Amour, ſi i'eſtois homme à bonne fortune. Il me ſuffit que vous ſçachiez que ie
m'acquite, ſans le faire connoiſtre à tout
le monde, & ſans que par cette publica-
tion ie vous mette en mauuaiſe odeur auprés d'vn ſexe, dont vous conſeruez les

á ij

bonnes graces auec tant de ſoin. Le Heros de cette piece ne traitte pas bien les Dames, & taſche d'eſtablir des maximes qui leur ſont trop deſauantageuſes, pour nommer ſon protecteur ; elles s'imagineroient que vous ne pourriez l'approuuer ſans auoir grande part à ſes ſentimens, & que toute ſa Morale ſeroit pluſtoſt vn portrait de voſtre conduite, qu'vn effort de mon imagination ; Et veritablement, MONSIEVR, cette poſſeſſion de vous meſme, que vous conſeruez ſi parfaite parmy tant d'intrigues où vous ſemblez embaraſſé, en approche beaucoup. C'eſt de vous que i'ay appris que l'Amour d'vn honneſte homme doit eſtre touſiours volontaire, qu'on ne doit iamais aimer en vn point qu'on ne puiſſe n'aimer pas ; que ſi on en vient iuſque-là, c'eſt vne tyrannie dont il faut ſecouër le joug, & qu'en fin la perſonne aimée nous a beaucoup plus d'obligation de noſtre Amour, alors qu'elle eſt touſiours l'effect de noſtre choix, & de ſon merite, que quand elle vient

d'vne inclination aueugle , & forcée
par quelque afcendant de naiffance à
qui nous ne pouuons refifter. Nous ne
fommes point redeuables à celuy de qui
nous receuons vn bien - fait par contrainte , & on ne nous donne point ce
qu'on ne fçauroit nous refufer. Mais ie vay
trop auant pour vne Epiftre ; il fembleroit
que i'entreprendrois la iuftification de
mon Alidor, & ce n'eft pas mon deffein de
meriter par cette deffenfe la haine de la
plus belle moitié du monde , & qui do-
mine fi puiffamment fur les volontez de
l'autre. Vn Poëte n'eft iamais garand des
fantaifies qu'il donne à fes Acteurs, & fi
les Dames trouuent icy quelques dif-
cours qui les bleffent , ie les fupplie de
fe fouuenir que i'appelle extrauagant
celuy dont ils partent , & que par d'autres Poëmes i'ay affez releué leur gloi-
re, & fouftenu leur pouuoir pour effa-
cer les mauuaifes idées que celuy - cy
leur pourra faire conceuoir de mon ef-
prit. Trouuez bon que i'acheue par là, &

que ie n'adiouſte à cette priere que ie
leur fais, que la proteſtation d'eſtre eter-
nellement,

MONSIEVR,

Voſtre tres-humble, & tres-
obeïſſant ſeruiteur,
CORNEILLE.

*Extraict du Priuilege du Roy.*

PAR grace & Priuilege du Roy, il eſt permis à Auguſtin Courbé, Marchand Libraire à Paris, d'imprimer ou faire imprimer, & expoſer en vente, vn Liure intitulé, *La Place Royalle, ou l'Amoureux extrauagant, Comedie,* par M<sup>r</sup> CORNEILLE: Et deffences ſont faites à tous Libraires, Imprimeurs & autres, d'imprimer, ny faire imprimer ledit Liure ſans ſa permiſſion, ou de ceux qui auront droiſt de luy, & ce pendant le temps de vingt ans, à compter du iour que ledit Liure ſera acheué d'imprimer pour la premiere fois, à peine aux contreuenans, de quinze cens liures d'amende, confiſcation des exemplaires qui ſe trouueront contrefaits, & de tous deſpens, dommages & intereſts, ainſi qu'il eſt contenu plus au long auſdites Lettres de Priuilege. Donné à Paris le vingt-vnieſme Ianuier mil ſix cens trente-ſept.

Par le Roy en ſon Conſeil,

Signé, CONRART.

*Acheué d'imprimer ce 20. Feurier 1637.*

Les Exemplaires ont eſté fournis, ainſi qu'il eſt porté par le Priuilege.

---

Et ledit Courbé a aſſocié auec luy audit Priuilege, François Targa, ſuiuant le contraſt paſſé entr'eux pardeuant les Notaires du Chaſtelet de Paris.

# LES ACTEVRS.

ALIDOR       Amant d'Angelique.

CLEANDRE       Amy d'Alidor.

DORASTE       Amoureux d'Angelique.

LISIS       Amoureux de Philis.

ANGELIQVE       Maiſtreſſe d'Alidor & de Doraſte.

PHILIS       Sœur de Doraſte.

POLYMAS       Domeſtique d'Alidor.

LYCANTE       Domeſtique de Doraſte.

LA SCENE EST A LA PLACE ROYALLE.

LA

# LA PLACE ROYALLE

## OV

## L'AMOVREVX

### EXTRAVAGANT.

#### COMEDIE.

# ACTE PREMIER.

## SCENE PREMIERE.

#### ANGELIQVE, PHILIS.

### ANGELIQVE.

TON frere euſt-il encor cent fois plus de
merite,
Tu reçois aujourd'huy ma derniere viſite,
Si tu m'entretiens plus des feux qu'il a pour moy.

### PHILIS.

Vrayment tu me preſcris vne faſcheuſe loy,

A

Ie ne puis sans forcer celles de la nature,
Dénier mon secours aux tourments qu'il endure,
Tu m'aimes, il se meurt, & tu le peux guerir,
Et sans t'importuner je le lairrois perir !
Me défendras-tu point à la fin de le plaindre ?

ANGELIQVE.

Le mal est bien leger d'vn feu qu'on peut éteindre.

PHILIS.

Il le deuroit du moins, mais auec tant d'appas
Le moyen qu'il te voye & ne t'adore pas ?
Ses yeux ne souffrent point que son cœur soit de glace,
Aussi ne pourroit-on m'y resoudre, en sa place,
Et tes regards sur moy plus forts que tes mépris,
Te sçauroient conseruer ce que tu m'aurois pris.

ANGELIQVE.

S'il vit dans vne humeur tellement obstinée,
Ie puis bien m'empescher d'en estre importunée,
Feindre vn peu de migraine, ou me faire celer,
C'est vn moyen bien court de ne luy plus parler :
Mais ce qui me déplaist, & qui me desespere,

C'eſt de perdre la ſœur pour éuiter le frere,
Rompre noſtre commerce & fuir ton entretien,
Puis que te voir encor c'eſt m'expoſer au ſien.
Que s'il me faut quitter cette douce pratique,
Ne mets point en oubly l'amitié d'Angelique,
Seure que ſes effets auront leur premier cours,
Auſſi-toſt que ton frere éteindra ſes amours.

PHILIS.

Tu vis d'vn air eſtrange, & preſque inſupportable.

ANGELIQVE.

Que toy-meſme pourtant trouuerois équitable,
Mais la raiſon ſur toy ne ſçauroit l'emporter,
Dans l'intereſt d'vn frere on ne peut l'écouter.

PHILIS.

Et par quelle raiſon negliger ſon martyre?

ANGELIQVE.

Vois-tu, j'ayme Alidor, & cela c'eſt tout dire:
Le reſte des mortels pourroit m'offrir des vœux,

A ij

Ie suis aueugle, sourde, insensible pour eux,
La pitié de leurs maux ne peut toucher mon ame,
Que par des sentiments dérobez à ma flame,
On ne doit point auoir des Amants par quartier,
Alidor à mon cœur & l'aura tout entier,
En aimer deux c'est estre à tous deux infidelle.

PHILIS.

Qu'Alidor seul te rende à tout autre cruelle!
C'est auoir pour le reste vn cœur trop endurcy.

ANGELIQVE.

Pour aimer comme il faut, il faut aimer ainsi.

PHILIS.

Dans l'obstination où ie te voy reduite
I'admire ton amour & ris de ta conduite.
Face état qui voudra de ta fidelité,
Je ne me picque point de ceste vanité,
On a peu de plaisirs quand vn seul les fait naistre,
Au lieu d'vn seruiteur c'est accepter vn maistre,
Dans les soins eternels de ne plaire qu'à luy
Cent plus honnestes gens nous donnent de l'ennuy,

Il nous faut de tout point viure à sa fantaisie,
Souffrir de son humeur, craindre sa jalousie,
Et de peur que le temps ne lasche ses ferueurs,
Le combler chaque iour de nouuelles faueurs,
Nostre ame s'il s'esloigne est de dueil abbatuë,
Sa mort nous desespere, & son change nous tuë,
Et de quelque douceur que nos feux soient suiuis,
On dispose de nous sans prendre nostre aduis,
C'est rarement qu'vn pere à nos gousts s'accommode,
Et lors iuge quels fruits on a de ta methode.
Pour moy i'ayme vn chacun, & sans rien negliger
Le premier qui m'en conte a dequoy m'engager,
Ainsi tout contribuë à ma bonne fortune,
Tout le monde me plaist, & rien ne m'inportune,
De mille que je rends l'vn de l'autre jaloux,
Mon cœur n'est à pas vn en se donnant à tous,
Pas vn d'eux ne me traite auecque tyrannie,
Et mon humeur égale à mon gré les manie,
Ie ne fais à pas vn tenir lieu de mignon,
Et c'est à qui l'aura dessus son compagnon,
Ainsi tous à l'enuy s'efforcent à me plaire,
Tous viuent d'esperance, & briguent leur salaire,
L'éloignement d'aucun ne sçauroit m'affliger,
Mille encore presens m'empeschent d'y songer,
Ie n'en crains point la mort, je n'é crains point le chãge,
Vn monde m'en console aussi-tost, ou m'en vange,

Le moyen que de tant, & de si differents
Quelqu'un n'ait affez d'heur pour plaire à mes pa-
　　rents?
Et si leur choix fantasque vn incognu m'allie,
Ne croy pas que pourtant j'entre en melancholie,
Il aura quelques traits de tant que je cheris,
Et je puis auec joye accepter tous maris.

### ANGELIQVE.

Voila fort plaisamment tailler cette matiere,
Et donner à ta langue vne longue carriere,
Ce grand flux de raisons dont tu viens m'attaquer,
Est bon à faire rire, & non à pratiquer :
Simple, tu ne sçais pas ce que c'est que tu blâmes,
Et ce qu'a de douceurs l'vnion de deux ames,
Tu n'éprouuas jamais de quels contentements
Se nourrissent les feux des fidelles Amants,
Qui peut en auoir mille en est plus estimée;
Mais qui les aime tous, de pas vn n'est aimée,
Elle voit leur amour soudain se dissiper,
Qui veut tout retenir laisse tout échapper.

### PHILIS.

Défay-toy, défay-toy de ces fausses maximes,
Ou si pour leur défense, aueugle, tu t'animes,

Si le seul Alidor te plaist dessus les Cieux,
Conserue luy ton cœur, mais partage tes yeux,
De mon frere par là soulage vn peu les playes,
Accorde vn faux remede a des douleurs si vrayes,
Trompe le, je t'en prie, & sinon par pitié,
Pour le moins par vengeance, ou par inimitié.

## ANGELIQVE.

Le beau prix qu'il auroit de m'auoir tant cherie,
Si je ne le payois que d'vne tromperie!
Pour salaire des maux qu'il endure en m'aimant,
Il aura qu'auec luy je viuray franchement.

## PHILIS.

Franchement c'est à dire auec mille rudesses,
Le mespriser, le fuir, & par quelques adresses
Qu'il tasche d'adoucir.... Quoy me quitter ainsi,
Et sans me dire a Dieu! le sujet?

# SCENE

## SECONDE

DORASTE, PHILIS.

### DORASTE.

Le voicy.
Ma sœur ne cherche plus vne chose trouuée
Sa fuite n'est l'effet que de mon arriué,
Ma presence la chasse, & son muet depart,
A presque deuancé son dedaigneux regard.

### PHILIS.

Iuge par là quels fruits produit mon entremise,
Ie m'acquitte des mieux de la charge commise,
Ie te fais plus parfait mille fois que tu n'es,
Ton feu ne peut aller au point où ie le mets,
I'inuente des raisons à combatre sa haine,
Ie blasme, flate, prie, & n'y pers que ma peine;

En

En grand peril d'y perdre encor son amitié,
Et d'estre en tes malheurs auec toy de moitié.

## DORASTE.

Ah! tu ris de mes maux.

## PHILIS.

                    Que veux tu que ie face?
Ry des miens si jamais tu me vois en ta place,
Que seruiroiët mes pleurs? veux-tu qu'à tes tourmēts
I'adjouste la pitié de mes ressentiments?
Apres mille mépris receus de ta Maystresse
Tu n'es que trop chargé de ta seule tristesse,
Si i'y joignois la mienne elle t'accableroit,
Et de mon déplaisir le tien redoubleroit;
Contraindre mon humeur me seroit vn supplice,
Qui me rendroit moins propre à te faire seruice,
Vois-tu? par tous moyens ie te veux soulager,
Mais i'ay bien plus d'esprit que de m'en affliger,
Il n'est point de douleur si forte en vn courage
Qui ne perde sa force auprés de mon visage,
C'est tousiours de tes maux autant de rabbatu,
Confesse, ont il encor le pouuoir qu'ils ont eu?
Ne sents tu point déja ton ame vn peu plus gaye?
                                        B

### DORASTE.

Tu me forces à rire en despit que i'en aye,
Je souffre tout de toy, mais à condition
D'employer tous tes soins à mon affection.

### PHILIS.

Non pas tous, j'en retiens pour moy quelque partie.

### DORASTE.

Il estoit grand besoin de cette repartie;
Ne ry plus, & regarde aprés tant de discours
Par où tu me pourras donner quelque secours,
Dy moy par quelle ruse il faut.

### PHILIS.

Rentrons, mon frere,
Vn de mes Amants vient qui nous pourroit distraire.

# SCENE
## TROISIEME.
### CLEANDRE.

Qve ie dois bien faire pitié,
De souffrir les rigueurs d'vn sort si tyrãnique!
J'aime Alidor, j'aime Angelique,
Mais l'Amour cede à l'amitié,
Et l'on n'a jamais veu sous les loix d'vne Belle
D'Amant si malheureux, ny d'amy si fidelle.

Ma bouche ignore mes desirs,
Et de peur de se voir trahy par imprudence
Mon cœur n'a point de confidence
Auec mes yeux, ny mes souspirs,
Mes vœux pour sa beauté sont muets, & ma flame
Non plus que son objet ne sort point de mon ame.

B ij

Je feins d'aimer en d'autres lieux,
Et pour en quelque sorte alleger mon suplice,
Je porte du moins mon service
A celle qu'elle aime le mieux,
Philis à qui j'en conte a beau faire la fine,
Son plus charmant appas c'est d'estre sa voisine.

Esclaue d'vn œil si puissant
Iusques là seulement me laisse aller ma chaisne,
Trop recompensé dans ma peine
D'vn de ses regards en passant:
Ie n'en veux à Philis que pour voir Angelique,
Et mon feu qui vient d'elle, auprés d'elle s'explique.

Amy mieux aimé mille fois,
Faut il pour m'accabler de douleurs infinies
Que nos volontés soient vnies
Iusques à faire vn mesme choix?
Vien quereller mon cœur, puisqu'en son peu d'espace
Ta Maistresse aprés toy peut trouuer quelque place.

Mais plustost voy te preferer
A celle que le tien prefere à tout le monde,
Et ton amitié sans seconde
N'aura plus dequoy murmurer:
Ainsi ie veux punir ma flamme desloyalle,
Ainsi...

# SCENE
## QVATRIESME.

ALIDOR, CLEANDRE.

### ALIDOR.

TE rencontrer dans la place Royalle,
Solitaire & si prés de ta douce prison,
Monstre bien que Philis n'est pas à la maison.

### CLEANDRE.

Mais voir de ce costé ta d'marche aduancée
Monstre bien qu'Angelique est fort dans ta pensée.

### ALIDOR.

Helas! c'est mon malheur, son objet trop charmant,
Quoy que ie puisse faire y regne absolument.

### CLEANDRE.

*De ce pouuoir peut estre elle vse en inhumaine?*

### ALIDOR.

*Rien moins, & c'est par là que redouble ma peine,*
*Ce n'est qu'en m'aimant trop qu'elle me fait mourir,*
*Vn moment de froideur, & je pourrois guerir,*
*Vne mauuaise œillade, vn peu de jalousie,*
*Et j'en aurois soudain passé ma fantaisie:*
*Mais las! elle est parfaite, & sa perfection*
*N'est pourtant rien auprés de son affection,*
*Point de refus pour moy, point d'heures inégales,*
*Accablé de faueurs à mon aise fatales*
*Par tout où son honneur peut souffrir mes plaisirs,*
*Ie voy qu'elle deuine & preuient mes desirs,*
*Et si j'ay des riuaux, sa dédaigneuse veuë*
*Les desespere autant que son ardeur me tuë.*

### CLEANDRE.

*Vit-on jamais Amant de la sorte enflamé,*
*Qui se tint malheureux pour estre trop aimé?*

## ALIDOR.

Contes-tu mon esprit entre les ordinaires ?
Penses-tu qu'il s'arreste aux sentiments vulgaires
Les regles que je suis ont vn air tout diuers,
Ie veux que l'on soit libre au milieu de ses fers,
Il ne faut point seruir d'objet qui nous possede,
Il ne faut point nourrir d'amour qui ne nous cede,
Ie le hay s'il me force, & quand j'aime je veux
Que de ma volonté dépendent tous mes vœux,
Que mon feu m'obeïsse au lieu de me contraindre,
Que je puisse à mon gré l'augmenter, & l'éteindre,
Et tousiours en estat de disposer de moy,
Donner quand il me plaist, & retirer ma foy.
Pour viure de la sorte Angelique est trop belle,
Mes pensers n'oseroient m'entretenir que d'elle,
Ie sens de ses regards mes plaisirs se borner,
Mes pas d'autre costé ne s'oseroient tourner,
Et de tous mes soucis la liberté bannie
Fait trop voir ma foiblesse auec sa tyrannie,
I'ay honte de souffrir les maux dont je me plains,
Et d'éprouuer ses yeux plus forts que mes desseins.
Mais sans plus consentir à de si rudes gesnes,
A tel prix que ce soit je veux rompre mes chaisnes,

De crainte qu'vn Hymen m'en oftant le pouuoir,
Fiſt d'vn amour par force vn amour par deuoir.

CLEANDRE.

Crains-tu de poſſeder ce que ton cœur adore?

ALIDOR.

Ah! ne me parle point d'vn lien que j'abhorre,
Angelique me charme, elle eſt belle aujourd'huy,
Mais ſa beauté peut elle autant durer que luy?
Et pour peu qu'elle dure, aucun me peut il dire
Si ie pourray l'aimer iuſqu'à ce qu'elle empire?
Du temps qui change tout les reuolutions
Ne changent elles pas nos reſolutions?
Eſtre vne humeur égale & ferme que la noſtre?
Vn aage hait il pas ſouuent ce qu'aimoit l'autre?
Iuge alors le tourment que c'eſt d'eſtre attaché,
Et de ne pouuoir rompre vn ſi faſcheux marché.
Cependant Angelique a force de me plaire
Me flatte doucement de l'eſpoir du contraire,
Et ſi d'autre façon ie ne me ſçais garder,
Ses appas ſont bien toſt pour me perſuader.
Mais puiſque ſon amour me donne tant de peine,
Ie la veux offenſer pour acquerir ſa haine,

Et pratiquer en fin vn doux commandement
Qui prononce l'Arreſt de mon banniſſement,
Ce remede eſt cruel, mais pourtant neceſſaire,
Puis qu'elle me plaiſt trop, il me luy faut dé-
	plaire,
Tant que j'auray chez elle encore quelque accés,
Mes diſſeins de guerir n'auront point de ſuccés.

CLEANDRE.

Etrange humeur d'Amant!

ALIDOR.

			Etrange, mais vtile,
Je me procure vn mal pour en euiter mille.

CLEANDRE.

Tu ne preuois donc pas ce qui t'attend de maux,
Quand vn riual aura le fruit de tes trauaux:
Pour ſe vanger de toy, cette belle offenſe
Sous le joug d'vn mary ſera bien toſt paßée,
Et lors, que de ſoupirs, & de pleurs épandus,
Ne te rendront aucun de tant de biens perdus!
					C

### ALIDOR.

*Mais dy, que pour rentrer dans mon indifference*
*Je perdray mon amour auec mon esperance,*
*Et qu'y trouuant alors sujet d'auersion,*
*Ma liberté naistra de ma punition.*

### CLEANDRE.

*Aprés cette asseurance, amy, je me declare,*
*Amoureux dés long temps d'vne Beauté si rare,*
*Toy seul de la seruir me pouuois empescher,*
*Et je n'aimois Philis que pour m'en approcher.*
*Souffre donc maintenant que pour mon allegeance*
*Ie prenne, si je puis, le temps de sa vengeance,*
*Que des ressentiments qu'elle aura contre toy*
*Ie tire vn aduantage en luy portant ma foy,*
*Et que dans la colere en son ame conceuë*
*Ie puisse à mes Amours faciliter l'issuë.*

### ALIDOR.

*Si ce joug inhumain, ce passage trompeur,*
*Ce supplice eternel ne te fait point de peur,*
*A moy ne tiendra pas que la Beauté que j'aime*

Ne me quitte bien tost pour vn autre moy-mesme,
Tu portes en bon lieu tes desirs amoureux,
Mais songe que l'Hymen fait bien des malheureux.

### CLEANDRE.

Poussons à cela prés, mais aussi quand j'y pense,
Peut-estre seulement le nom d'époux t'offense,
Et tu voudrois qu'vn autre eust cette qualité,
Pour aprés.....

### ALIDOR.

Ie t'entens, sois seur de ce costé,
Outre que ma Maistresse, aussi chaste que Belle,
De la vertu parfaite est l'vnique modelle,
Et que le plus aimable & le plus effronté
Entreprendroit en vain sur sa pudicité,
Les beautés d'vne fille ont beau toucher mon ame,
Ie ne la cognois plus dés l'heure qu'elle est femme.
De mille qu'autre-fois tu m'as veu caresser,
En pas vne vn mary pouuoit-il l'offenser?
I'éuite l'apparence autant comme le crime,
Ie fuis vn compliment qui semble illegitime,
Et le jeu m'en déplaist quand on fait à tous coups
Causer vn médisant, & refuer vn jaloux.

C ij

*Encor que dans mon feu mon cœur ne s'intereße,*
*Ie veux pouuoir pretendre où ma bouche l'adreße,*
*Et garder, si ie puis, parmy ces fictions,*
*Vn renom außi pur que mes intentions.*
*Amy, soupçon à part, auant que le jour paße,*
*D'Angelique pour toy gagnons la bonne grace,*
*Et de ce pas allons ensemble consulter*
*Des moyens qui pourront t'y mettre & m'en oster.*
*Et quelle inuention sera la plus aisée.*

### CLEANDRE.

*Allons, ce que j'ay dit n'estoit que par risée.*

# ACTE II.

## SCENE PREMIERE.

### ANGELIQVE, POLYMAS.

ANGELIQVE, tenant vne Lettre déployée.

D E cette trahison ton maistre est donc
l'autheur?

### POLYMAS.

Son choix, mal à propos, m'en a fait le porteur,
Mon humeur y repugne, & quoy qu'il en auienne,
I'en fais vne, de peur de seruir a la sienne,
Et mon deuoir malpropre à de si lasches coups,
Manque aussi-tost vers luy côme le sien vers vous.

### ANGELIQVE.

Contre ce que ie voy mon fol amour s'obstine,

Qu'Alidor ait écrit cette lettre à Clarine !
Et qu'ainſi d'Angelique il ſe vouluſt ioüer !

POLYMAS.

Il n'aura pas le front de le deſauoüer,
Oppoſez-luy ſes traits, battez-le de ſes armes.
Pour s'en pouuoir defendre il luy faudroit des char-
          mes,
Sur tout cachez mon nom, & ne m'expoſez pas
Auſſi infaillibles coups d'vn violent trépas,
Que ie vous puiſſe encor trahir ſon artifice,
Et pour mieux vous ſeruir, reſter à ſon ſeruice,

ANGELIQVE.

Ne crain rien de ma part, ie ſçay l'inuention
De reſpondre aiſément à ton intention.

POLYMAS.

Feignez d'auoir receu ce billet de Clarine,
Et que....
          ANGELIQVE.

Ne m'inſtruy point, & va qu'il ne deuine.

S'il t'auoit icy veu, toute la verité
Paroiſtroit en dépit de ma dexterité,

POLYMAS.

Ceſt d'elle deſormais que ie tiendray la vie.

ANGELIQVE.

As-tu de la garder encore quelque enuie?
Ne me replique plus, & va t'en.

POLYMAS.

J'obeis.

ANGELIQVE ſeule.

Mes feux, il eſt donc vray que l'on vous a trahis,
Et ceux dont Alidor paroiſſoit l'ame atteinte
Ne ſont plus que fumée, ou n'eſtoient qu'vne feinte!
Que la foy des Amants eſt vn gage pipeur!
Que leurs ſermens ſont vains, & noſtre eſpoir trom-
    peur!                          (bouche!
Qu'on eſt peu dans leur coeur pour eſtre dans leur
Et que malaiſément on ſçait ce qui les touche,
Mais voicy l'infidelle, ha! qu'il ſe contraint bien

# SCENE
## SECONDE.

### ALIDOR, ANGELIQVE.

### ALIDOR.

PVis-je auoir vn moment de ton cher entretien?
Mais j'appelle vn moment de mesme qu'vne
 annee
Passe entre deux Amäts pour moins qu'vne iournée.

### ANGELIQVE.

Traistre, ingrat, est-ce à toy de m'aborder ainsi?
Et peux-tu bien me voir sans me crier mercy?
As-tu creu que le Ciel consentist à ma perte,
Jusqu'a souffrir encor ta lascheté couuerte?
Aprens, perfide, aprens que ie suis hors d'erreur,
Tes yeux ne me sont plus que des objets d'horreur,
Ie ne suis plus charmée, & mon ame plus saine
N'eut jamais tant d'amour qu'elle a pour toy de
 haine.

ALIDOR.

*Voi'a me receuoir auec des compliments...*

ANGELIQVE.

*B en au deſſous encor de mes reſſentiments*

ALIDOR.

*La cauſe?*

ANGELIQVE.

*En demander la cauſe ! ly, parjure,*
*Et puis accuſe moy de te faire vne injure.*

---

# LETTRE SVPPOSEE
## d'Alidor à Clarine.

CLarine, ie ſuis tout à vous,
Ma liberté vous rend les armes,
Angelique n'a point de charmes
Pour me défendre de vos coups,

Alidor lit
la Lettre
entre les
mains
d'Angeli-
que.

D

Ce n'est qu'vne Idole mouuante,
Ses yeux sont sans vigueur, sa bouche sans
　　appas,
Quãd ie la crûs d'esprit ie ne la connus pas,
Et de quelques attraits que le monde vous
　　　Vous deuez mes affections　　(vante,
Autant à ses defauts, qu'à vos perfections.

### ANGELIQVE.

Et bien, ta trahison est-elle en euidence?

### ALIDOR.

Est-ce là tant dequoy?

### ANGELIQVE.

　　　　Tant dequoy! l'impudence!
Aprés mille serments il me manque de foy,
Et me demande encor si c'est-là tant dequoy!
Change, si tu le veux, ie n'y perds qu'vn volage,
Mais en m'abandonnant laisse en paix mon visage,
Oublie auec ta foy ce que i'ay de defauts,
N'estably point tes feux sur le peu que ie vaux,

Fay que sans m'y mesler ton compliment s'explique,
Et ne le grossi point du mépris d'Angelique.

ALIDOR.

Deux mots de verité vous mettent bien aux champs.

ANGELIQVE

Ciel, tu ne punis point des hommes si méchans!
Ce traistre vit encor, il me voit, il respire,
Il m'affronte, il l'auoüe, il rit quand ie soupire.

ALIDOR.

Vraiment le Ciel a tort de ne vous pas donner,
Lors que vous tempestez, son foudre à gouuerner,
Il deuroit auec vous estre d'intelligence.
Le digne & grand objet d'vne haute vengeance!
Vous traittez du papier auec trop de rigueur.

ANGELIQVE.

Je voudrois en pouuoir faire autant de ton cœur.

ALIDOR.

Qui ne vous flatte point puissamment vous irrite,

Angeli-<br>que des-<br>chire la<br>Lettre &<br>en jette<br>les mor-<br>ceaux.

*Pour dire franchement vostre peu de merite*
*Commet-on enuers vous des forfaits si nouueaux*
*Qu'incontinent on doiue estre mis en morceaux?*
*Si ce crime autrement ne sçauroit se remettre,*
*Cassez, cecy vous dit encor pis que ma lettre.*

Il luy pre-<br>sente aux<br>yeux vn<br>miroir<br>qu'elle<br>porte pē-<br>du à sa<br>ceinture.

ANGELIQVE.

*S'il me dit mes defauts autant ou plus que toy,*
*Déloyal, pour le moins il n'en dit rien qu'à moy,*
*C'est dedans son cristal que ie les étudie,*
*Mais aprés il s'en taist, & moy j'y remedie,*
*Il m'en donne vn aduis sans me les reprocher,*
*Et me les découurant, il m'aide à les cacher.*

ALIDOR.

*Vous estes en colere, & vous dites des pointes!*
*Ne presumiés vous point que i'irois à mains iointes*
*Les yeux enflez de pleurs, & le cœur de soupirs,*
*Vous faire offre à genoux de mille repentirs?*
*Que vous estes à plaindre estant si fort deceuë!*

ANGELIQVE.

*Insolent, oste-toy pour iamais de ma veuë.*

### ALIDOR.

Me deffendre vos yeux aprés  mon changement
Appellez vous cela du nom de chastiment?
Ce n'est que me bannir du lieu de mon supplice,
Et ce commandement est si plein de justice,
Qu'encore qu'Alidor ne soit plus sous vos loix
Il va vous obeir pour la derniere fois.

# SCENE
# TROISIEME.

### ANGELIQVE.

Commandement honteux où ton obeissance
N'est qu'un signe trop clair de mon peu depuis-
Où ton bannissement à pour toy des appas,   (sance,
Et me dement cruel de ne te l'estre pas.
A quoy se resoudra desormais ma colere
Si ta punition te tient lieu de salaire?
Que mon pouuoir me nuit! & qu'il m'est cher vendu
Voila, voila que c'est d'auoir trop attendu,

Ie deuois dés long temps te bannir par caprice,
Mon bonheur dependoit d'vne telle injustice,
Ie chasse vn fugitif auec trop de raison,
Et luy donne les champs quand il rompt sa prison,
Ha que n'ayie eu des bras à suiure mon courage!
Qu'il m'eust bien autrement reparé cet outrage!
Que i'eusse retranché de ses propos railleurs!
Le traistre n'eust jamais porté son cœur ailleurs,
Puisqu'il m'estoit donné ie m'en fusse saisie,
Et sans prendre conseil que de ma jalousie,
Puisqu'vn autre portrait en efface le mien,
Cent coups auroient chassé ce voleur de mon bien.
Vains projets, vains discours, vaine & fausse alle-
      geance,
Et mes bras & son cœur manquent à ma vangeance:
Ciel qui m'en vois donner de si justes sujets,
Donne m'en des moyens, donne m'en des objets,
Ou me doisie adresser? qui doit porter sa peine?
Qui doit à son défaut m'esprouuer inhumaine?
De mille desespoirs mon cœur est assailly,
Ie suis seule punie & ie n'ay point failly.
Mais, aueugle, ie prends vne injuste querelle,
Ie n'ay que trop failly d'aimer vn infidelle,
De receuoir vn traistre, vn ingrat sous ma loy,
Et trouuer du merite en qui manquoit de foy

*Ciel, encore vne fois escoute mon enuie,*
*Oste m'en la memoire, ou le priue de vie,*
*Fay que de mon esprit ie le puisse bannir,*
*Ou ne l'auoir que mort dedans mon souuenir.*
*Que ie m'anime en vain contre vn objet aimable,*
*Tout criminel qu'il est il me semble adorable,*
*Et mes souhaits qu'estouffe vn soudain repentir*
*En demandant sa mort n'y sçauroient consentir.*
*Restes impertinents d'vne flame insensée,*
*Ennemis de mon heur, sortez de ma pensée,*
*Ou si vous m'en peignez, encore quelque traits,*
*Laissez la ses vertus, peignez moy ses forfaits.*

# SCENE
# QVATRIESME.
### ANGELIQVE, PHILIS.

### ANGELIQVE.

L E croirois-tu Philis? Alidor m'abandonne.

### PHILIS.

*Pourquoy non? ie n'y voy rien du tout qui m'estonne,*

Rien qui ne soit possible, & de plus fort commun,
La constance est un bien qu'on ne voit en pas un,
Tout se change icy bas, mais par tout bon remede.

ANGELIQVE.

Le Ciel n'en a point fait au mal qui me possede.

PHILIS.

Choisi de mes Amants sans t'affliger si fort,
Et n'aprehende pas de me faire grand tort,
I'en pourrois au besoing fournir toute la Ville
Qu'il m'en demeureroit encore plus de mille.

ANGELIQVE.

Tu me ferois mourir auec de tels propos,
Ah! laisse moy plustost souspirer en repos,
Ma sœur.

PHILIS.

Pleust au bon Dieu que tu voulusses l'estre.

ANGELI-

### ANGELIQVE.

Et quoy, tu ris encor! c'est bien faire paroiſtre...

### PHILIS.

Que je ne ſçaurois voir d'vn viſage affligé
Ta cruauté punie, & mon frere vangé;
Aprés tout, je cognoy quelle eſt ta maladie,
Tu vois comme Alidor eſt plein de perfidie,
Mais je mets dans deux jours ma teſte à l'abandon,
Au cas qu'vn repentir n'obtienne ſon pardon.

### ANGELIQVE.

Aprés que cet ingrat me quitte pour Clarine!

### PHILIS.

De le garder long temps elle n'a pas la mine,
Et j'eſtime ſi peu ces nouuelles amours,
Que je te plege encor ſon retour dans deux jours,
Et lors ne penſe pas, quoy que tu te propoſes,
Que de tes volontez, deuant luy tu diſpoſes:
Prepare tes dédains, arme-toy de rigueur,

Vne larme, vn soupir te perceront le cœur,
Et je seray rauie alors de voir vos flames
Brûler mieux que deuant, & rejoindre vos ames:
Mais j'en crains vn progrés à ta confusion,
Qui change vne fois, change à toute occasion,
Et nous verrons tousiours, si Dieu le laisse viure,
Vn change, vn repentir, vn pardon s'entresuiure,
Ce dernier est souuent l'amorce d'vn forfait,
Et l'on cesse de craindre vn courous sans effet.

## ANGELIQVE.

Sa faute a trop d'excés pour estre remissible,
Ma sœur, je ne suis pas de la sorte insensible,
Et si je presumois que mon trop de bonté
Peust jamais se resoudre à cette lascheté,
Qu'vn si honteux pardon peust suiure cette offense,
I'en preuiendrois le coup, m'en ostant la puissance.
Adieu, dans la colere où je suis aujourd'huy,
J'accepterois plustost vn Babare que luy.

# SCENE
## CINQVIESME.

PHILIS.   DORASTE,

### PHILIS.

IL faut donc se haster, qu'elle ne refroidisse·
Frere, quelque incognu t'a fait vn bon seruice,
Il ne tiendra qu'à toy, d'estre vn second Medor:
On a fait qu'Angelique.

Elle frape
à sa porte,
& Doraste
sort.

### DORASTE.

Et bien?

### PHILIS.

Hait Alidor.

### DORASTE.

Elle hait Alidor! Angelique!

E ij

PHILIS.

Angelique.

DORASTE.

D'où luy vient cette humeur? qui les a mis en picque?

PHILIS.

Si tu prends bien ton temps, il y fait bon pour toy;
Va, ne t'amuse point à sçauoir le pourquoy,
Parle au pere d'abord, tu sçais qu'il te souhaite,
Et, s'il ne s'en dedit, tien l'affaire pour faite.

DORASTE.

Bien qu'vn si bon aduis ne soit à mépriser,
Je crains....

PHILIS.

Lisis m'aborde, & tu me veux causer!
Entre chez Angelique, & pousse ta fortune,
Quand je vois vn Amant, vn frere m'importune.

# SCENE
## SIXIEME.

### LISIS, PHILIS.

### LISIS.

Comme vous le chassez !

### PHILIS.

   Qu'eust-il fait auec nous ?
Mon entretien sans luy te semblera plus doux,
Tu pourras t'expliquer auec moins de contrainte,
Me conter de quels feux tu te sens l'ame atttainte,
Et ce que tu croiras propre à te soulager,
Regarde maintenant si ie sçay t'obliger.

### LISIS.

Cette obligation seroit bien plus extreme,
Si vous voulez traiter tous mes riuaux de mesme,
Et vous seriez bien plus pour mon contentement,

*De souffrir auec vous vingt freres qu'vn Amãt.*

### PHILIS.

*Nous sommes dõc. Lisis, d'vne humeur bien cõtraire,*
*Ie souffrirois plustost cinquãte Amats qu'vn frere,*
*Et puis que nos esprits ont si peu de rapport,*
*Ie m'étonne comment nous nous aimons si fort.*

### LISIS.

*Vous estes ma Maistresse, & moy sous vostre empire*
*Ie dois suiure vos loix, & non y contredire,*
*Et pour vous obeir mes sentiments domptez,*
*Se reglent seulement dessus vos volontez.*

### PHILIS.

Cleandre
va pour
entrer
chez An-
gelique.

*J'aime des seruiteurs auec cette souplesse,*
*Et qui peuuent aimer en moy ce qui les blesse,*
*Si tu vois quelque iour tes feux recompensez,*
*Souuiens-toy. Qu'est-cecy, Cleandre, vous passez?*

# SCENE
## SEPTIESME.

CLEANDRE, PHILIS, LISIS.

### CLEANDRE.

IL me faut bien-passer, puis que la place est prise.

### PHILIS.

Venez, cette raison est de mauuaise mise,
D'vn million d'Amants ie puis nourrir les feux,
Et n'aurois pas l'esprit d'en entretenir deux :
Sortez de cette erreur, & souffrant ce partage,
Ne faites pas icy l'entendu dauantage.

### CLEANDRE.

Le moyen que ie sois insensible à ce point ?

### PHILIS.

Quoy ? pour l'entretenir ne vous aimay-ie point ?

### CLEANDRE.

Encor que voſtre ardeur à la mienne reſponde,
Ie ne veux plus d'vn bien commun à tout le monde.

### PHILIS.

Si vous nommés ma flame vn bien commun à tous,
Ie n'aime pour le moins perſonne plus que vous,
Cela vous doit ſuffire.

### CLEANDRE.

           Ouy bien à des volages,
Qui peuuent en vn iour adorer cent viſages:
Mais ceux dont vn objet poſſede tous les ſoins
Se donnants tous entiers , n'en meritent pas moins.

### PHILIS.

De vray ſi vous valiez beaucoup plus que les autres,
Ie deurois rejetter leurs veux aupres des voſtres,
Mais mille auſſi bien faits ne ſont pas mieux traitez
Et ne murmurent point contre mes volontez,
Eſt-ce a moy s'il vous plaiſt de viure a voſtre mode:

Vostre amour en ce cas seroit fort incommode,
Loing de la receuoir, vous me feriez la loy :
Qui m'aime de la sorte, il s'aime & non pas moy.

## LISIS A CLEANDRE.

Persiste en ton humeur, ie te prie, & conseille
A tous nos concurrents d'en prendre vne pareille.

## CLEANDRE.

Tu seras bien tost seul s'ils veulent m'imiter.

## PHILIS.

Quoy donc, c'est tout de bon que tu me veux quitter ?
Tu ne dis mot, resueur, & pour toute replique
Tu tournes tes regards du coste d'Angelique,
Est-ce la donc l'objet de tes legeretez ?
Veux-tu faire d'vn coup deux infidelitez,
Et que dans mon offense Alidor s'interesse :
Cleandre, c'est asses de trahir ta Maistresse,
Dans ta nouuelle flame espargne tes amis,
Et ne l'adresse point en lieu qui soit promis.

## CLEANDRE.

De la part d'Alidor ie vay voir cette belle,
Laisse m'en auec luy démesler la querelle,
Et ne t'informe point de mes intentions.

## PHILIS.

Puis qu'il me faut resoudre en mes afflictions,
Et que pour te garder i'ay trop peu de merite,
Du moins auant l'Adieu demeurõs quitte à quitte,
Que ce que i'ay du tien ie te le rende icy,
Tu m'as offert des vœux, que ie t'en rende aussy,
Et faisons entre nous toutes choses égales.

## LISIS.

Et moy durant ce temps ie garderay les balles?

## PHILIS.

Ie te donne congé d'vne heure, si tu veux.

## LISIS.

Ie l'accepte, au hazard de le prendre pour deux.

## PHILIS.

(nuye.

Pour deux, pour quatre soit, ne crain pas qu'il m'en-
Mais ie ne consents pas cependant qu'on me fraye,
On ne sort d'auec moy qu'auecque mon congé.
Inhumain, est-ce ainsi que ie t'ay negligé?
Quãd tu m'offrois des vœux prenois-je ainsi la suite?
Et rends tu la pareille à ma juste poursuite?
Auec tant de douceur tu te vis écouter,
Et tu tournes le dos quand ie t'en veux conter.

Lisis ren-<br>tre , &<br>Cleandre,<br>tasche de<br>s'échap-<br>per , &<br>d'entrer<br>chez An-<br>gelique.

## CLEANDRE.

Va te jouer d'vn autre auec tes railleries,
Ie ne puis plus souffrir de ces badineries,
Ne m'aime point du tout, ou n'aime rien que moy.

## PHILIS.

Ie ne t'impose pas vne si dure loy,
Auec moy, si tu veux, aime toute la terre,
Sans craindre que jamais ie t'en fasse la guerre.
Je recognois aß z mes imperfections,
Et quelque part que j'aye en tes affections,
C'est encor trop pour moy, seulement ne rejette

F ij

La parfaitte amitié d'vne fille imparfaitte.

### CLEANDRE.

Qui te rend obstinée à me persecuter?

### PHILIS.

Qui te rend si cruel que de me rejetter?

### CLEANDRE.

Il faut que de tes ma ʏ vn Adieu me deliure.

### PHILIS.

Si tu sçais t'en aller ie sçauray bien te suiure,
Et quelque occasion qui t'amene en ces lieux,
Tu ne luy diras pas grand secret à mes yeux.
Ie suis plus incommode encor qu'il ne te semble.
Parlons plustost d'accord & composons ensemble,
Hier vn peintre excellent m'apporta mon portrait,
Tandis qu'il t'en demeure encore quelque trait,
Qu'encor tu me cognois, & que de ta pensée
Mon image n'est pas tout à fait effacée,

*Ne m'en refuse point ton petit iugement.*

CLEANDRE.

*Ie le tiens pour bien fait.*

PHILIS.

*Plains-tu tant vn moment?*
*Et m'attachant à toy, si ie te desespere,*
*A ce prix rouues-tu ta liberté trop chere?*

CLEANDRE.

*Allons, puis qu'autrement ie ne te puis quitter,*
*A tel prix que ce soit il me faut racheter,*


Fin du second Acte.

# ACTE III.

## SCENE PREMIERE.

### PHILIS, CLEANDRE.

### CLEANDRE.

Ne ce point il ressemble à ton humeur volage
Qu'il reçoit tout le monde auec mesme vi-
sage;
Mais d'ailleurs ce portrait ne te ressemble pas,
Veu qu'il ne me dit mot, & ne suit point mes pas.

### PHILIS.

*En quoy que deſormais ma preſence te nuiſe,*
*La ciuilité veut que ie te reconduiſe.*

### CLEANDRE.

*Mets, en fin quelquë borne à ta ciuilité,*
*Et ſuiuant noſtre accord me laiſſe en liberté.*

# SCENE
## SECONDE.

### DORASTE, PHILIS, CLEANDRE.

### DORASTE.　Sortant de chez Angelique.

*TOut eſt gaigné, ma ſœur, la belle m'eſt acquiſe;*
*Iamais occaſion ne ſe trouua mieux priſe,*
*Ie poſſede Angelique.*

## CLEANDRE.

*Angelique!*

## DORASTE.

        *Ouy, tu peux*
*Aduertir Alidor du succes de mes vœux,*
*Et qu'au sortir du bal que ie donne chez elle*
*Demain vn sacré nœud me joint à cette belle,*
*Dy luy qu'il se console, Adieu ie vay pouruoir*
*A tout ce qu'il faudra preparer pour ce soir.*

## PHILIS.

*Nous voila donc de bal ! Dieu nous fera la grace,*
*D'en trouuer li cinquante a qui donner la place.*
*Va t'en, si bon te semble, ou demeure en ces lieux,*
*Je ne t'arestois pas icy pour tes beaux yeux.*
*Mais jusqu'à maintenant i'ay voulu te distraire,*
*De peur que ton abord interrompist mon frere,*
*Quelque fin que tu sois tien toy pour affiné.*

# SCENE TROISIESME.

### CLEANDRE.

Ciel à tant de malheurs, m'auiez vous destiné!
Faut il que d'vn dessein si juste que le nostre,
La peine soit pour nous & les fruits pour vn autre,
Et que nostre artifice ait si mal succedé
Qu'il me desrobbe vn bien qu'Alidor m'a cedé?
Officieux amy d'vn Amant deplorable,
Que tu m'offres en vain cét objet adorable!
Qu'en vain de m'en saisir ton adresse entreprend!
Ce que tu m'as donné, Doraste le surprend,
Tandis qu'il me supplante, vne sœur me cajole,
Elle me tient les mains cependant qu'il me vole,
On me ioüe, on me braue, on me tuë, on s'en rit,
L'vn me vante son heur, l'autre son trait d'esprit,
L'vn, & l'autre à la fois me perd, me desespere,
Et ie puis espargner, ou la sœur, ou le frere,
Estre sans Angelique, & sans ressentiment,

G

Auec si peu de cœur aimer si puissamment!
Que faisiez vous mes bras? que faisiez vous ma lame?
N'osiez vous mettre au iour les secrets de mon ame?
N'osiez vous leur mõstrer ce qu'ils m'ont fait de mal?
N'osiez vous descouurir à Doraste vn riual?
Cleandre, est-ce vn forfait que l'ardeur qui te presse?
Craignois tu de rougir d'vne telle Maistresse?
Et cachois tu l'excés de ton affection,
Par honte, par respect, ou par discretion?
Auec quelque raison, ou quelque violence,
Que l'vn de ces motifs t'obligeast au silence,
Pour faire à ce riual sentir quel est ton bras,
L'interest d'vn amy ne suffisoit-il pas?
Pouuois tu desirer d'occasion plus belle
Que le nom d'Alidor à vanger ta querelle?
Si pour tes feux cachez tu n'oses t'esmouuoir,
Laisse leurs interests, suy ceux de ton deuoir,
On supplante Alidor, du moins en apparence,
Et sans ressentiment tu souffres cette offence,
Ton courage est muet & ton bras endormy,
Pour estre Amant discret tu parois lasche amy.
C'est trop abandonner ta renommée au blasme;
Il faut sauuer d'vn coup ton honneur & ta flame,
Et l'vn, & l'autre icy marchent d'vn pas égal,
Soustenant vn amy tu t'ostes vn riual.
Ne differe donc plus ce que l'honneur commande,

Et luy gaigne Angelique afin qu'il te la rende.
Veux tu pour le defendre vne plus douce loy?
Si tu combats pour luy les fruits en sont pour toy.
J'y suis tout resolu, Dorafte, il la faut rendre,
Tu sçauras ce que c'est de supplanter Cleandre,
Tout l'vniuers armé pour te la conseruer
De mes jaloux efforts ne te pourroit sauuer.
Qu'est-cecy, ma fureur? est il temps de paroiftre?
Quand tu manques d'objets tu commences à naiftre,
C'estoit, c'estoit tantoft qu'il falloit t'exciter,
C'estoit, c'estoit tantoft qu'il falloit m'emporter,
Puis qu'vn riual present trop foible tu recules,
Tes mouuements tardifs deuiennent ridicules,
Et quoy qu'à ces transports promette ma valeur,
A peine les effets preuiendront mon malheur.
Pour rompre en honnefte hōme vn Hymen si funefte,
Je n'ay plus deformais qu'vn peu de jour qui refte,
Autrement il me faut affronter ce riual,
Au peril de cent morts, au milieu de son bal,
Aucune occasion ailleurs ne m'eft offerte,
Il luy faut tout quitter, ou me perdre en sa perte,
Il faut....

# SCENE QVATRIESME.

### A.LIDOR.        CLEANDRE.

### ALIDOR.

Et bien, Cleandre, aye-je sceu t'obliger?

### CLEANDRE.

Pour m'auoir obligé, que ie vay t'affliger!
Doraste a pris le temps des dépits d'Angelique.

### ALIDOR.

Aprés?

### CLEANDRE,

Aprés cela, veux tu que ie m'explique?

ALIDOR.

Qu'en a t'il obtenu?

CLEANDRE.

                    Pardelà son espoir,
Si bien qu'aprés le Bal qu'il luy donne ce soir,
Leur Hymen accomply rend mon malheur extresme.

ALIDOR.

En es tu bien certain?

CLEANDRE.

                    J'ay tout sceu de luy-mesme.

ALIDOR.

Que ie serois heureux si ie ne t'aimois point!
Cet Hymen auroit mis mon bonheur à son point.
La prison d'Angelique auroit rompu la mienne,
Quelque empire sur moy que son visage obtienne,
Ma passion fust morte auec sa liberté,

Et trop vain pour souffrir qu'en sa captiuité
Les restes d'vn riual eussent fait mon seruage,
Elle eust perdu mon cœur auec son pucelage.
Pour forcer sa colere à de si doux effets,
Quels efforts, cher amy, ne me suis je point faits?
Me feindre tout de glace, & n'estre que de flame!
La mépriser de bouche, & l'adorer dans l'ame!
J'ay souffert ce supplice, & me suis feint leger,
De honte & de despit de ne pouuoir changer,
Et ie voy pres du but où ie voulois pretendre
Les fruits de mon trauail n'estre pas pour Cleandre!
A ces conditions mon bon heur me desplaist,
Ie ne puis estre heureux, si Cleandre ne l'est,
Ce que ie t'ay promis ne peut estre à personne,
Il faut que ie perisse, ou que ie te le donne,
J'auray trop de moyens à te garder ma foy,
Et malgré les destins Angelique est à toy.

### CLEANDRE.

Ne trouble point, amy, ton repos pour mon aise,
Crois tu qu'à tes despens aucun bon heur me plaise?
Sans que ton amitié fasse vn second effort
Voicy de qui j'auray ma Maistresse ou la mort.
Si Doraste a du cœur il faut qu'il la deffende,
Et que l'espée au poing il la gaigne, ou la rende.

### ALIDOR.

Simple, par le chemin que tu perses tenir,
Tu la luy peux oster, mais non pas l'obtenir.
La suite des duels n'e fut jamais plaisante,
C'estoit ces jours passez, ce que d soit Theant,
Il faut prendre vn chemin, & plus court & plus
    seur,
Ie veux sans coup ferir t'en rendre possesseur,
Va t'en donc, & me laisse aupres de cette belle
Employer le pouuoir qui me reste sur elle.

### CLEANDRE.

Cher amy.

### ALIDOR.

      Va t'en dis-je, & par tes compliments
Cesse de t'opposer a tes contentements,
Desormais en ces lieux tu ne fais que me nuire.

### CLEANDRE.

Ie te vay donc laisser ma fortune à conduire.

Adieu, puiſſay-ie auoir les moyens à mon tour
De faire autant pour toy, que toy pour mon amour.


## ALIDOR ſeul.


Que pour ton amitié, ie vay ſouffrir de peine!
Desja preſque eſchappé ie rentre dans ma chaine,
Il faut encore vn coup m'expoſant ſes yeux,
Reprendre de l'amour afin d'en donner mieux.
Mais reprendre vn amour dont ie me veux deffaire,
Qu'eſt-ce qu'à mes deſſeins vn chemin tout contraire?
Allons y toutesfois puiſque ie l'ay promis.
Toute peine eſt fort douce à qui ſert ſes amis.

# SCENE

## CINQVIESME.

ANGELIQVE  dans son Cabinet.

Qvel malheur par tout m'accompagne!
Qu'vn indiscret Hymen me vange à mes des-
        pens!
    Que de pleurs en vain ie répands,
Moins pour ce que ie perds, que pour ce que ie gai-
        gne!                                    (tourment,
L'vn m'est plus doux que l'autre, & i'ay moins de
Du forfait d'Alidor, que de son chastiment.
    Ce traistre alluma donc ma flame!
Ie puis donc consentir à ces tristes accords!
    Et par quelques puissants efforts
Que de tous sens ie tourne & retourne mon ame,
Ľy trouue seulement, afin de me punir,
Le dépit du passé, l'horreur de l'aduenir.

H

# SCENE
## SIXIESME.

ANGELIQVE, ALIDOR.

ANGELIQVE voyant Alidor entrer en son Cabinet.

OV viens tu déloyal? auec quelle impudence
Oses tu redoubler mes maux par ta presence?
Ton plaisir dépend il d'auoir veu mes douleurs?
Qui te fait si hardy de surprendre mes pleurs?
Est il dit que tes yeux te mettront hors de doute,
Et t'aprendront combien ta trahison me couste?
Aprés qu'éfrontement ton adueu m'a fait voir
Ou Angelique sur toy n'eut iamais de pouuoir,
Tu te mets à genoux, & tu veux, miserable,
Que ton feint repentir m'en donne vn veritable?
Va, va, n'espere rien de ces submißions,
Porte les à l'objet de tes affections,
Ne me presente plus les traits qui m'ont déceuë,
N'attaque point mon cœur en me blessant la veuë,
Penses tu que ie sois aprés ton changement
Ou sans ressouuenir, ou sans ressentiment?

S'il te souuient encor de ton brutal caprice,
Dy moy, que viens tu faire au lieu de ton suplice :
Garde vn exil si cher a tes legeretez,
Ie ne veux plus sçauoir de toy mes veritez.
Quoy ? tu ne me dis mot ? crois tu que ton silence
Puisse de tes discours reparer l'insolence ?
Des pleurs effacent ils vn mépris si cuisant,
Et ne t'en dedis tu, traistre, qu'en te taisant ?
Pour triompher de moy, veux tu pour toutes armes
Employe des soupirs. & de muettes larmes ?
Sur nostre amour passé c'est à trop te fier :
Du moins dy quelque chose à te justifier,
Demande le pardon que tes regards m'arrachent,
Explique leurs discours, dy moy ce qu'ils me cachent.
Que mon courrous est foible, & que leurs traits puis-
Rendent des criminels aisement innocents !   (sants
Ie n'y puis resister, quelque effort que ie fasse,
Comme vaincue il faut que ie quitte la place.

ALIDOR.

Ma chere ame, mon tout, quoy ? vous m'abandōnez !
C'est bien la me punir quand vous me pardonnez :
Ie sçay ce que i'ay fait, & qu'aprés tant d'audace
Ie ne merite pas de iouir de ma grace :
Mais demeurez du moins tant que vous ayez sceu

Elle veut
sortir du
cabinet,
mais Ali-
dor la re-
tient.

H ij

Que par vn feint mépris voſtre amour fut deçeu,
Que ie vous fus fidelle en dépit de ma lettre,
Qu'en vos mains ſeulement on la deuoit remettre,
Que mon deſſein n'alloit qu'à voir vos mouue-
     mens,
Et juger de vos feux par vos reſſentiments.
Dites, quand ie la vis entre vos mains remiſe,
Changeay-ie de couleur? eus-je quelque ſurpriſe?
Ma parole plus ferme, & mon port aſſeuré
Ne vous monſtroient ils pas vn eſprit preparé?
Que Clarine vous die à la premiere veuë,
Si jamais de mon change elle s'eſt apperçeuë;
Auſſi mon compliment flattoit mal ſes appas,
Il vous offençoit bien, mais ne l'obligeoit pas,
Et ſes termes picquants, mal conçeus pour luy
     plaire,
Au lieu de ſon amour cherchoient voſtre colere.


## ANGELIQVE.

Ceſſe de m'éclaircir deſſus vn tel ſecret,
En te montrant fidelle il accroiſt mon regret,
Je perds moins, ſi je croy ne perdre qu'vn volage,
Et je ne puis ſortir d'erreur qu'à mon dommage.
Que me ſert de ſçauoir ſi tes vœux ſont conſtants?
Que te ſert d'eſtre aimé quand il n'en eſt plus temps?

## ALIDOR.

*Aussi ne viens je pas pour regaigner vostre ame,*
*Preferez moy, Doraste, & deuenez sa femme,*
*Ie vous viens par ma mort en donner le pouuoir.*
*Moy viuant vostre foy ne le peut receuoir,*
*Elle m'est engagée, & quoy que l'on vous die,*
*Sans crime elle ne peut durer moins que ma vie.*
*Mais voicy qui vous rend l'vne & l'autre à la fois.*

## ANGELIQVE.

*Ah! ce cruel discours me reduit aux abois!*
*Dans ma prompte vangeance à jamais miserable,*
*Que je deteste en vain ma faute irreparable!*

## ALIDOR.

*Si vous auez du cœur, on la peut reparer.*

## ANGELIQVE.

*C'est demain qu'on nous doit pour jamais separer,*
*En ce piteux estat que veux tu que je fasse?*

ALIDOR.

Ah! ce diſcours ne part que d'vn cœur tout de
    glace.
Non, non, reſoluez vous  il vous faut à ce ſoir
Montrer voſtre courage, ou moy mon deſeſpoir:
Quittez auec le bal vos malheurs pour me ſuiure,
Ou ſoudain à vos yeux ie vay ceſſer de viure.
Mettrez vous en ma mort voſtre contentement?

ANGELIQVE.

Non, mais que dira t'on d'vn tel enleuement?

ALIDOR.

Eſt-ce là donc le prix de vous auoir ſeruie?
Il y va de voſtre heur, il y va de ma vie,
Et vous vous arreſtez à ce qu'on en dira;
Mais faites deſormais tout ce qu'il vous plaira,
Puis que vous conſentez pluſtoſt à vos ſuplices,
Qu'à l'vnique moyen de payer mes ſeruices,
Ma mort va me vanger de voſtre peu d'amour,
Si vous n'eſtes à moy, ie ne veux plus du jour.

## ANGELIQVE.

Retien ce coup fatal, me voila resoluë,
Dessus mes volontez ta puissance absoluë
Peut disposer de moy, peut tout me commander.
Mon honneur en tes mains prest à se hazarder,
Par vn trait si hardy, quelque tort qu'il se fasse,
Y consent toutefois, & ne veut qu'vne grace.
Accorde à ma pudeur que deux mots de ta main
Iustifient aux miens ma suite & ton dessein,
Qu'ils puissent, me cherchant, trouuer icy ce gage,
Qui les rende asseurez de nostre mariage,
Que la sincerité de ton intention
Conserue, mise au iour, ma reputation,
Ma faute en sera moindre, & hors de l'impudence
Paroistra seulement fuir vne violence.

## ALIDOR.

Ma Reine, en fin par là vous me ressuscitez,
Agissez pleinement dessus mes volontez,
I'auois pour vostre honneur la mesme inquietude,
Et ne pourrois d'ailleurs, qu'auec ingratitude,
Voyant ce que pour moy vostre flame resoult,
Dénier quelque chose à qui m'accorde tout.
Donez moy, sur le champ ie vous veux satisfaire.

### ANGELIQVE.

Il vaut mieux que l'effet à tantost se diffère,
Je manque icy de tout, & i'ay peur, mon soucy,,
Que quelqu'vn par malheur ne te surprenne icy.
Mon dessein genereux fait naistre cette crainte,
Depuis qu'il est formé j'en ay senty l'atteinte,
Va, quitte moy, ma vie, & te coule sans bruit.

### ALIDOR.

Adieu donc ma chere ame.

### ANGELIQVE.

                    Adieu jusqu'à minuit.

*Seule en son cabinet.*

Que promets tu, pauure aueuglée?
A quoy t'engage icy ta folie passion?
Et de quelle indiscretion
Ne s'accompagne point ton ardeur déreglée?
Tu cours à ta ruine, & vas tout hazarder
Sur la foy de celuy qui n'en sçauroit garder.
Je me trompe, il n'est point volage,
J'ay veu sa fermeté, i'en ay creu ses soupirs,
Et si ie flatte mes desirs

                                     Une

Vne si douce erreur n'est qu'à mon aduantage,
Me manquast-il de foy, ie la luy doibs garder,
Et pour perdre Doraste il faut tout hazarder.


ALIDOR sortant de la porte d'Angelique
& repassant sur le Theatre.


Cleandre elle est à toy, i'ay flechy son courage.
Que ne peut l'artifice, & le fard du langage.
Et si pour vn amy ces effets ie produis,
Lors que i'agis pour moy, qu'est-ce que ie ne puis?

# SCENE
## SEPTIESME.

### PHILIS.

D'Où prouient qu'Alidor sort de chez Ange-
lique?
Auroit-il auec elle encor quelque pratique?
Son visage n'a rien que d'vn homme content.
Auroit-il regaigné cet esprit inconstant?

I

O qu'il feroit bon voir que cette humeur volage
Deux fois en moins d'vne heure euſt changé de cou-
rage!
Que mon frere en tiendroit s'ils s'eſtoiët mis d'accord?
Il faut qu'à le ſçauoir ie faſſe mon effort.
Ce ſoir ie ſonderay les ſecrets de ſon ame,
Et ſi ſon entretien ne me trahit ſa flame,
I'auray l'œil de ſi pres deſſus ſes actions
Que ie m'eſclairciray de ſes intentions.

# S C E N E
## HVICTIESME.

### PHILIS, LISIS.

### PHILIS.

Q Voy? Liſis, ta retraitte eſt de peu de durée?

### LISIS.

L'heure de mon congé n'eſt qu'à peine expirée,
Mais vous voyant icy ſans frere & ſans amant…

PHILIS.

*N'en presume pas mieux pour ton contentement.*

LISIS.

*Et d'où vient à Philis vne humeur si nouuelle?*

PHILIS.

*Vois tu, ie ne sçay quoy me brouille la ceruelle,*
*Va, ne me conte rien de ton affection,*
*Elle en auroit fort peu de satisfaction.*

LISIS.

*Puisque vous le voulez, adieu, iè me retire.*

PHILIS.

*Reserue pour le bal ce que tu me veux dire.*

LISIS.

*Le bal! où le tient on?*

PHILIS.

*Là dedans.*

LISIS.

*Il suffit,*
*De vostre bon aduis ie feray mon profit.*

## FIN DV TROISIESME ACTE,

# ACTE IV.



## SCENE PREMIERE.

ALIDOR, CLEANDRE. troupe d'armés.

### ALIDOR.

Tends ià de près coy que ie l'en aduertiffe,
En fin la nuict s'auance, & son voile propice
me va faciliter le succes que i'attends
Pour rendre heureux Cleandre, & mes desirs contés.
Mon cœur las de porter vn ioug si tyrannique
Ne sera plus qu'vne heure esclaue d'Angelique,
Ie vay faire vn amy possesseur de mon bien:
Aussi dans son bon heur ie rencontre le mien,
C'est moins pour l'obliger que pour me satisfaire,
Moins pour le luy donner qu'afin de m'en deffaire.
Ce traict est vn peu lasche, & sent sa trahison,
Mais cette lascheté m'ouurira ma prison,
Ie veux bien a ce prix auoir l'ame traistresse,
Et que ma liberté me couste vne maistresse.

Que luy faisie apres tout qu'elle n'ait merité
Pour auoir malgré moy fait ma captiuité?
Qu'on ne m'accuse point d'aucune ingratitude
Ce n'est que me vanger d'vn an de seruitude,
Que rompre son dessein comme elle a fait le mien,
Qu'vser de mon pouuoir comme elle a fait du sien,
Et ne luy pas laisser vn si grand auantage
De suiure son humeur, & forcer mon courage.
Le forcer! mais helas! que mon consentement
Par vn si doux effort fust surpris aisement!
Quel excés de plaisirs gousta mon imprudence
Auant que s'aduiser de cette violence!
Examinant mon feu qu'est-ce que ie ne pers!
Et qu'il m'est cher vendu de cognoistre mes fers!
Ie soupçonne desia mon dessein d'iniustice,
Et ie doute s'il est ou raison, ou caprice,
Ie crains vn pire mal apres ma guerison,
Et d'aller au supplice en rompant ma prison.
Alidor, tu consens qu'vn autre la possede!
Peux-tu bien t'exposer à des maux sans remede,
A de vains repentirs, d'inutiles regrets,
De steriles remords, & des bourreaux secrets,
Cependant qu'vn amy par tes lasches menées
Cueillira les faueurs qu'elle t'a destinees?
Ne frustre point l'effet de son intention,
Et laisse vn libre cours à ton affection,

Fay ce beau coup pour toy, suy l'ardeur qui te presse.
Mais trahir ton amy! mais trahir ta maistresse!
Iamais fut il mortel si malheureux que toy?
De tous les deux costez il y va de ta foy.
A qui la tiendras-tu? Mon esprit en déroute
Sur le plus fort des deux ne peut sortir de doute,
Ie n'en veux obliger pas vn à me hair,
Et ne sçay qui des deux ou seruir ou trahir.
Mais que mon iugement s'enueloppe de nuës!
Mes resolutions qui estes-vous deuenuës?
Reuenez mes desseins, & ne permettez pas
Qu'on triomphe de vous auec vn peu d'appas.
Cleandre, elle est à toy, dedans cette querelle
Angelique le perd, nous sommes deux contre elle,
Ma liberté conspire auecque tes ardeurs,
Les miennes desormais vont tourner en froideurs,
Et lassé de souffrir vn si rude seruage
I'ay l'esprit assez fort pour combatre vn visage.
Ce coup n'est qu'vn effet de generosité,
Et ie ne suis honteux que d'en auoir douté.
Amour, que ton pouuoir tasche en vain de paroistre!
Fuy, petit insolent, ie veux estre le maistre,
Il ne sera pas dit qu'vn homme tel que moy
En despit qu'il en ait obeisse à ta loy.
Ie ne me resoudray iamais à l'Hymenée
Que d'vne volonté franche & determinée,

*Et celle qu'en ce cas ie nommeray mon mieux,*
*Men fera redeuable, & non pas à ses yeux,*
*Et ma flame...*

# SCENE
## SECONDE.

ALIDOR CLEANDRE,

CLEANDRE.

A*Lidor.*

ALIDOR.

*Qui m'appelle?*

CLEANDRE.

*Cleandre,*

ALIDOR.

*Qui te fait aduancer?*

CLEANDRE.

*Ie me lasse d'attendre.*

ALIDOR.

### ALIDOR.

Laisse moy, cher amy, le soin de t'aduertir
En quel temps de ce coin il te faudra sortir.

### CLEANDRE.

Minuit vient de sonner, & par experience
Tu sçais comme l'amour est plein d'impatience.

### ALIDOR.

Va donc tenir tout prest à faire vn si beau coup,
Ce que nous attendons ne peut tarder beaucoup,
Je liure entre tes mains cette belle maistresse
Si tost que i'auray peu luy rendre ta promesse.
Sans lumiere, & d'ailleurs s'asseurant en ma foy
Rien ne l'empeschera de la croire de moy;
Apres acheue seul, ie ne puis sans supplice
Forcer icy mes bras à te faire seruice,
Et mon reste d'amour en cet enleuement
Ne peut contribuer que mon consentement.

### CLEANDRE.

Amy, ce m'est assez

K

### ALIDOR.

Va donc là bas attendre
Que ie te donne aduis du temps qu'il faudra prendre.
Encor vn mot Cleandre, & qui t'importe fort.
Ta taille auec la mienne a si peu de rapport
Qu'Angelique soudain te pourra recognoistre,
Regarde apres ses cris si tu serois le maistre.

### CLEANDRE.

Ma main dessus sa bouche y sçaura trop pouruoir.

### ALIDOR.

Amy separons nous, ie pense l'entreuoir.

### CLEANDRE.

Adieu, foy promptement.

# SCENE
## TROISIESME.

ALIDOR, ANGELIQVE.

### ANGELIQVE.

ST.

### ALIDOR.

*Ie l'entends, c'est elle.*

### ANGELIQVE.

*Alidor, es-tu là?*

### ALIDOR.

*Ie suis à vous, ma belle.*
*De peur d'estre cognu ie deffends à mes gens*
*De paroistre en ces lieux auant qu'il en soit temps.*
*Tenez.*

### ANGELIQVE.

*Ie prends sans lire, & ta foy m'est si claire,*

II luy
donne la
promesse
de Cle-
andre.

K ij

Que ie la prends bien moins pour moy que pour mon
     pere,
Ie la porte à ma chambre, eſpargnons les diſcours,
Fais auancer tes gens, & depeſche.

### ALIDOR.

                              I'y cours.
Lors que de ſon honneur ie luy rends l'aſſeurance
C'eſt quand ie trompe mieux ſa credule eſperance,
Mais puiſque au lieu de moy ie luy donne vn amy,
A tout prendre, ce n'eſt la tromper qu'à demy.

# SCENE
## QVATRIESME.

### PHILIS.

ANgelique. C'eſt fait, mon frere en a dans l'aiſle,
La voyant eſchapper ie courois apres elle,
Mais vn maudit galand m'eſt venu bruſquement
Seruir à la trauerſe vn mauuais compliment,
Et par ſes vains diſcours m'embaraſſer, de ſorte
Qu' Angelique à ſon aiſe a ſceu gaigner la porte.

Sa perte est asseurée, & ce traistre Alidor
La posseda iadis, & la possede encor.
Mais iusques à ce point seroit elle imprudente?
Il n'en faut point douter, sa perte est euidente,
Le cœur me le disoit le voyant en sortir,
Et mon frere dés lors se deuoit aduertir.
Ie te trahis, mon frere, & par ma negligence
Estant sans y penser de leur intelligence.

# SCENE
## CINQVIESME.

### ALIDOR.

ON l'enleue, & mon cœur surpris d'un vain re-
gret
Fait à ma perfidie un reproche secret,
Il tient pour Angelique, il la suit, le rebelle,
Parmy mes trahisons il veut estre fidelle,
Ie le sens refuser sa franchise à ce prix,
Ie le sens malgré moy de nouueaux feux espris
Desaduouer mon crime, & pour mieux s'en defendre
Me demander son bien que ie cede à Cleandre.

Helas ! qui me preſcrit cette brutale loy
De payer tant d'amour auec ſi peu de foy?
Q'enuers cette beauté ma flame eſt inhumaine,
Si mon feu la trahit, que luy feroit ma haine?
Iuge, iuge Alidor en quelle extremité
Ne la va point ietter ton infidelité,
Eſcoute ſes ſouſpirs, conſidere ſes larmes,
Et laiſſe toy gaigner à de ſi fortes armes,
Cours apres elle, & voy ſi Cleandre auiourd'huy
Pourra faire pour toy ce que tu fais pour luy.
Mais mon eſprit s'eſgare, & quoy qu'il ſe figure
Faut il que ie me rende à des pleurs en peinture,
Et qu'Alidor de nuict plus foible que de iour
Redonne à la pitié ce qu'il oſte à l'amour?
Ainſi donc mes deſſeins ſe tournent en fumee !
I'ay d'autres repentirs que de l'auoir aimee!
Suis-ie encor Alidor apres ces ſentiments?
Et ne pourray-ie en fin regler mes mouuements?
Vaine compaſſion des douleurs d'Angelique,
Qui penſez triompher d'vn cœur melancolique,
Temeraire auorton d'vn impuiſſant remors,
Va, va porter ailleurs tes debiles efforts,
Apres de tels appas qui ne m'ont peu ſeduire
Qui te fait eſperer ce qu'ils n'ont ſceu produire?
Pour vn meſchant ſouſpir que tu m'as deſrobé
Ne me preſume pas encore ſuccombé.

Ie ſçay trop maintenir ce que ie me propoſe,
Et ſouuerain ſur moy rien que moy n'en diſpoſe.
En vain vn peu d'amour me deſguiſe en forfait
Du bien que ie me veux le genereux effet,
De nouueau i'y conſens, & preſt à l'entreprendre..

# SCENE
## SIXIESME.

### AGELIQVE, ALIDOR.

### ANGELIQVE.

IE demande pardon de t'auoir fait attendre,
D'autant qu'en l'eſcalier on faiſoit quelque bruit
Et qu'vn peu de lumiere en effaçoit la nuit,
Ie n'oſois m'auancer de peur d'eſtre apperceuë.
Allons, tout eſt-il preſt, perſonne ne m'a veuë:
De grace depeſchons, c'eſt trop perdre de temps,
Et les moments icy nous ſont trop importants,
Fuions viſte, & craignons les yeux d'vn domeſtique.
Quoy, tu ne reſponds point à la voix d'Angelique?

### ALIDOR.

Angelique! mes gens vous viennent d'enleuer,
Qui vous a fait si tost de leurs mains vous sauuer?
Quel soudain repentir, quelle crainte de blasme,
Et quelle ruse en fin vous desrobe à ma flame?
Ne vous suffit-il point de me manquer de foy,
Sans prendre encor plaisir à vous iouër de moy?

### ANGELIQVE.

Que tes gens cette nuit m'ayent veuë ou saisie,
N'ouure point ton esprit à cette fantaisie.

### ALIDOR.

Autant que m'ont permis les ombres de la nuit
Ie l'ay veu de mes yeux.

### ANGELIQVE.

　　　　　Tes yeux t'ont donc seduit,
Et quelque autre sans doute apres moy descenduë
Se trouue entre les mains dont i'estois attenduë.
Mais, ingrat, pour toy seul i'abandonne ces lieux,
Et tu n'accompagnois ma fuite que des yeux!
La belle preuue, helas! de ton amour extreme
De remettre ce coup à d'autres qu'à toy-mesme!

I'estois

I'eſtois donc vn larcin indigne de tes mains?

### ALIDOR.

Quand vous aurez appris le fonds de mes deſſeins
Vous n'attribuerez plus voyant mon innocence
A peu d'affection l'effet de ma prudence.

### ANGELIQVE.

Pour oſter tout ſoupçon, & tromper ton riual
Tu diras qu'il falloit te monſtrer dans le bal?
Foible ruſe!

### ALIDOR.

    Adiouſtez, & vaine, & ſans adreſſe
Puiſque ie ne pouuois dementir ma promeſſe.

### ANGELIQVE.

Quel eſtoit donc le but de ton intention?

### ALIDOR.

D'attendre icy le coup de leur eſmotion,
Et d'vn autre coſté me iettant à la fuitte
Diuertir de vos pas leur plus chaude pourſuite.

### ANGELIQVE    en pleurant.

Mais en fin Alidor, tes gens ſe ſont meſpris?
L

ALIDOR.

Dans ce coup de malheur, & confus, & surpris,
Ie voy tous mes desseins succeder à ma honte,
Permettez moy d'aller mettre ordre à ce mesconte.

ANGELIQVE.

Cependant, miserable, à qui me laisses tu?
Tu frustres donc mes vœux de l'espoir qu'ils ont eu:
Et ton manque d'amour, de mes malheurs complice,
M'abandonnant icy me liure à mon supplice?
L'hymen ( ah! ce penser desia me fait mourir.)
Me va ioindre à Doraste, & tu le peux souffrir!
Tu me peux exposer à cette tyrannie!
De l'erreur de tes gens ie me verray punie!

ALIDOR.

Iugez mieux de ma flame, & songez, mon espoir,
Qu'vn tel enleuement n'est plus en mon pouuoir,
I'en ay manqué le coup, & ce que ie regrette,
Mon carosse est parti, mes gens ont fait retraite;
A Paris, & de nuit, vne telle beauté
Suiuant vn homme seul est mal en seureté,
Doraste, ou par malheur quelque pire surprise
De ces coureurs de nuit me feroit lascher prise.

De grace, mon souci, passons encor vn iour.

## ANGELIQVE.

Tu manques de courage aussi bien que d'amour,
Et tu me fais trop voir par cette resuerie
Le chimerique effet de ta poltronnerie.
Alidor (quel amant!) n'ose me posseder.

## ALIDOR.

Vn bien si precieux se doit-il hazarder?
Et ne pouuez-vous point d'vne seule iournee
Differer le malheur de ce triste Hymenee?
Peut estre le desordre, & la confusion
Qui naistront dans le bal de cette occasion
Le remettront pour vous & l'autre nuit ie iure...

## ANGELIQVE.

Que tu seras encor ou timide ou pariure?
Quand tu m'as resolüe à tes intentions
Ingrat, t'ay-ie opposé tant de precautions?
Tu m'aimes, ce dis-tu? tu le fais bien paroistre
Remettant mon bonheur ainsi sur vn peut-estre.

## ALIDOR.

Encor que mon amour apprehende pour vous
Puisque vous le voulez, & bien, ie m'y resous

Fuions, hazardons tout. Mais on ouure la porte,
C'eſt Doraſte qui ſort, & nous ſuit à main forte.

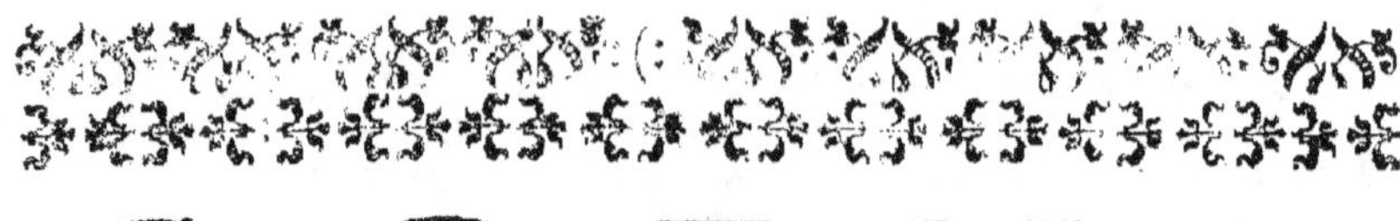

# SCENE

## SEPTIESME.

ANGELIQVE, DORASTE, LYCANTE,
Troupe d'amis.

### DORASTE.

QVoy? ne m'attēdre pas? c'eſt trop me deſdaigner,
Ie ne viens qu'à deſſein de vous accompagner,
Car vous n'entreprenez ſi matin ce voyage
Que pour vous preparer à noſtre mariage,
Encor que vous partiez beaucoup deuant le iour
Vous ne ſerez iamais aſſez toſt de retour,
Vous vous eſloignez trop, veu que l'heure nous preſſe.
Infidelle, eſt-ce là me tenir ta promeſſe?

### ANGELIQVE.

Et bien c'eſt te trahir, penſes-tu que mon feu
D'vn genereux deſſein te faſſe vn deſadueu?

*Ie t'acquis par despit, & perdrois auec ioye,*
*Mon desespoir à tous m'abandonnoit en proye,*
*Et lors que d'Alidor ie me vis outrager*
*Ie fis armes de tout afin de me vanger,*
*Tu t'offris par hazard, ie t'acceptay de rage,*
*Ie te donnay son bien, & non pas mon courage.*
*Ce change à mon despit iettoit un faux appas,*
*Ie le nommois sa peine, & c'estoit mon trespas,*
*Ie prenois pour vengeance une telle iniustice,*
*Et dessous ses couleurs i'adorois mon supplice.*
*Aueugle que i'estois! mon peu de iugement*
*Ne se laissoit guider qu'a mon ressentiment,*
*Mais depuis Alidor m'a fait voir que son ame*
*En feignant un mespris n'auoit pas moins de flame,*
*Il a repris mon cœur en me rendant les yeux,*
*Et soudain mon amour m'a fait hair ces lieux.*

## DORASTE.

*Tu suiuois Alidor?*

## ANGELIQVE.

*Ta funeste arriuée*
*En arrestant mes pas de ce bien m'a priuée.*
*Mais si..*

## DORASTE.

*Tu le suiuois!*

ANGELIQVE.

*Ouy, fay tous tes efforts,*
*Luy feul aura mon cœur, tu n'auras que le corps.*

DORASTE.

*Impudente, effrontée autant comme traiftreffe,*
*De ce cher Alidor tiens tu cette promeffe?*
*Eft-elle de fa main, pariure? de bon cœur*
*I'aurois cedé ma place à ce premier vainqueur,*
*Mais fuiure vn incognu! me quitter pour Cleandre!*

ANGELIQVE.

*Pour Cleandre?*

DORASTE.

*I'ay tort, ie tafche à te furprendre,*
*Voy ce qu'en te cherchant m'a donné le hazard,*
*C'eft ce que dans ta chambre a laiffé ton depart,*
*C'eft là qu'au lieu de toy i'ay trouué fur ta table*
*De ta fidelité la preuue indubitable,*
*Ly, mais ne rougy point, & me fouftiens encor*
*Que tu ne fuis ces lieux que pour fuiure Alidor.*

### Billet de Cleandre à Angelique.

Angelique, reçoy ce gage
De la foy que ie te promets
Qu'vn prompt & ſacré mariage
Vnira nos iours deſormais,
Quittons ces lieux, chere maiſtreſſe,
Rien ne peut que ta ſuite aſſeurer mon bonheur,
Mais laiſſe aux tiens cette promeſſe
Pour ſeureté de ton honneur,
Afin qu'ils en puiſſent apprendre,
Que tu ſuis ton mary, lors que tu ſuis Cleandre.
Cleandre.

Angeli-<br>que lit.

## ANGELIQVE.

Que ie ſuis mon mary lors que ie ſuis Cleandre ?
Alidor eſt perfide, ou Doraſte impoſteur,
Ie voy la trahiſon, & doute de l'antheur :
Toutefois ce papier ſuffit pour m'en inſtruire,
Ie le pris d'Alidor, mais ie le pris ſans lire,
Et puiſqu'à m'enlever ſon bras ſe refuſoit
Il ne pretendoit rien au larcin qu'il faiſoit.
Le traiſtre ! i'eſtois donc deſtinee à Cleandre !
Helas ! mais qu'à propos le ciel la fait meſprendre !

Et ne confentant point à fes lafches deffeins
Met au lieu d'Angelique vne autre entre fes mains.

## DORASTE.

Que parles-tu d'vne autre en ta place rauie?

## ANGELIQVE.

I'en ignore le nom, mais elle m'a fuiuie,
Et quelle qu'elle foit...

## DORASTE.

Il fuffit, n'en dy plus,
Apres ce que i'ay veu i'en fçay trop la deffus,
Autre n'eft que Philis entre leurs mains tombee,
Apres toy de la falle elle s'eft defrobee,
I'arrefte vne maiftreffe, & ie perds vne fœur,
Mais allons promptement apres le rauiffeur.

SCENE

# SCENE
## HVICTIESME.

### ANGELIQVE.

DVre condition de mon malheur extreme,
Si i'aime on me trahit, ie trahis si l'on m'aime.
Qu'accuseray-ie icy d'Alidor, ou de moy?
Nous manquons l'vn & l'autre esgalement de foy,
Si i'ose l'appeller lasche, traistre, pariure,
Ma rougeur aussi tost prendra part à l'iniure,
Et les mesmes couleurs qui peindront ses forfaits,
Des miens en mesme temps exprimeront les traits.
Mais quel aueuglement nos deux crimes esgale
Puisque c'est pour luy seul que ie suis desloyalle?
L'amour m'a fait trahir (qui n'en trahiroit pas?)
Et la trahison seule a pour luy des appas,
Son crime est sans excuse, & le mien pardonnable,
Il est deux fois, que dis-ie? il est le seul coupable,
Il m'a prescrit la loy, ie n'ay fait qu'obeir,
Il me trahit luy mesme, & me force a trahir.

M

*Deplorable Angelique, en malheurs sans seconde,*
*Que peux tu desormais, que peux tu faire au mõde,*
*Si ton amour fidelle, & ton peu de beauté*
*N'ont peu te garantir d'vne desloyauté?*
*Doraste tient ta foy, mais si ta perfidie*
*A iusque à te quitter son ame refroidie,*
*Suy, suy doresnauant de plus saines raisons,*
*Et ne t'expose plus à tant de trahisons,*
*Et tant qu'on ait peu voir la fin de ce mesconte,*
*Va cacher dans ta chambre, & tes pleurs & ta honte.*


## FIN DV QVATRIESME ACTE.

# ACTE V.

## SCENE PREMIERE.

### CLEANDRE, PHILIS.

### CLEANDRE.

Accordez moy ma grace auant qu'entrer
chez vous.

### PHILIS.

Vous voulez donc en fin d'vn bien commun à tous?
Craignez vous qu'à vos feux ma flame ne responde?
Et vous puisse hair si i'aime tout le monde?

### CLEANDRE.

Vostre bel esprit raille, & pour moy seul cruel
Du rang de vos amants separe vn criminel:
Toutefois mon amour n'est pas moins legitime,
Et mõ erreur du moins me rend vers vous sans crime.

M ij

Soyez, quoy qu'il en soit, d'vn naturel plus doux,
L'amour a pris le soin de me punir pour vous,
Les traits que cette nuit il trempoit dans vos larmes
Ont triomphé d'vn cœur inuincible à vos charmes.

## PHILIS.

Puisque vous ne m'aimez que par puniiion,
Vous m'obligez fort peu de cette affection.

## CLEANDRE.

Apres voſtre beauté ſans raiſon negligée
Il me punit bien moins qu'il ne vous a vangée,
Auez-vous iamais veu deſſein plus renuerſé?
Quand i'ay la force en main, ie me trouue forcé,
Ie croy prendre vne fille, & ſuis pris par vn autre,
I'ay tout pouuoir ſur vous & me remets au voſtre,
Angelique me perd quand ie croy l'acquerir,
Ie gaigne vn nouueau mal quand ie penſe guerir,
Dans vn enleuement ie hay la violence,
Ie ſuis reſpectueux apres cette inſolence,
Ie commets vn forfait & n'en ſçaurois vſer,
Ie ne ſuis criminel que pour m'en accuſer,
Ie m'expoſe à ma peine, & negligeant ma fuite
Ie m'offre à des perils que tout le monde euite,

Ce que i'ay peu rauir ie le viens demander,
Et pour vous deuoir tout ie veux tout hazarder.

PHILIS.

Vous ne me deurez rien, du moins si i'en suis creüe.

CLEANDRE.

Mais apres le danger où vous vous estes veüe
Malgré tous vos mespris les soins de vostre honneur
Vous doiuent desormais resoudre à mon bon heur.
La moitié d'vne nuit passee en ma puissance
A d'estranges soupçons porte la mesdisance.
Cela sceu, presumez comme on pourra causer.

PHILIS.

Pour estouffer ce bruit il vous faut espouser,
Non pas? mais au contraire apres ce mariage
On presumeroit tout à mon desaduantage,
Et vous voir refusé fera mieux croire à tous
Qu'il ne s'est rien passé qu'à propos entre nous.
Toutefois, apres tout, mon humeur est si bonne
Que ie ne puis iamais desesperer personne,
Sçachez que mes desirs tousiours indifferents
Iront sans resistance au gre de mes parens,
Leur choix sera le mien, c'est vous parler sans feinte.

### CLEANDRE.

*Ie voy de leur costé mesmes suiets de crainte,*
*Si vous me refusez, m'escouteroient ils mieux?*

### PHILIS.

*Le monde vous croit riche, & mes parés sont vieux.*

### CLEANDRE.

*Puisse sur cet espoir…*

### PHILIS.

*Il vous faudroit tout dire.*

# SCENE
## SECONDE.

### ALIDOR, CLEANDRE, PHILIS.

### ALIDOR.

*Cleandre a-t'il en fin ce que son cœur de-*
*sire?*

Et ſes amours changez par vn heureux hazard
De celuy de Philis ont-il pris quelque part?

### CLEANDRE.

Cette nuit tu l'as veüe en vn meſpris extreme,
Et maintenant, amy, c'eſt encor elle-meſme,
Son orgueil ſe redouble eſtant en liberté,
Et deuient plus hardy d'agir en ſeureté:
I'eſpere toutefois, à quelque point qu'il monte,
Qu'à la fin...

### PHILIS.

Cependant que vous luy rendrez conte,
Ie vay voir mes parens que ce coup de malheur
A mon occaſion accable de douleur.
Ie n'ay tardé que trop à les tirer de peine.

### ALIDOR.

Eſt-ce donc tout de bon qu'elle t'eſt inhumaine?

### CLEANDRE.

Il la faut ſuiure, Adieu. Ie te puis aſſeurer
Que ie n'ay pas ſuiet de me deſeſperer,
Va voir ton Angelique, & la conte pour tienne
Pourueu que ſon humeur ſoit pareille à la ſienne.

ALIDOR.

Tu mé la rends en fin?

CLEANDRE.

Doraste tient sa foy,
Tu possedes son cœur, qu'auroit-elle pour moy?
Quelques charmans appas qui soient sur son visage
Ie n'y sçaurois auoir qu'vn fort mauvais partage,
Peut-estre elle croiroit quil luy seroit permis
De ne me rien garder ne m'ayant rien promis,
Ie m'exposerois trop à des maux sans remede.
Mais derechef Adieu.

# SCENE
## TROISIESME.

ALIDOR

Qu'ainsi tout me succede!
Comme si ses desirs se regloient sur mes vœux,
Il accepte Angelique, & la rend quand ie veux,
Quand

Quand ie tasche à le perdre il meurt de m'en def-
     faire,
Quand ie l'aime, elle cesse aussi tost de luy plaire,
Mon cœur prest à guerir, le sien se trouue atteint,
Et mon feu r'allumé, le sien se trouue esteint.
Il aime quand ie quitte, il quitte alors que i'aime,
Et sans estre riuaux nous aimons en lieu mesme.
C'en est fait, Angelique, & ie ne sçaurois plus
Rendre contre tes yeux des combats superflus,
De ton affection cette preuue derniere
Reprend sur tous mes sens vne puissance entiere,
Aueugle, cette nuit m'a redonné le iour,
Que i'eus de perfidie, & que ie vis d'amour!
Quand ie sceus que Cleandre auoit manqué sa
     proye,
Que i'en eus de regret, & que i'en ay de ioye!
Plus ie t'estois ingrat, plus tu me cherissois,
Et ton ardeur croissoit plus ie te trahissois.
Aussi i'en fus honteux, & confus dans mon ame,
La honte & le remords r'allumerent ma flame.
Que l'amour pour nous vaincre a de chemins diuers,
Et que mal aisement on rompt de si beaux fers!
C'est en vain qu'on resiste aux traits d'vn beau vi-
     sage,
En vain à son pouuoir refusant son courage
                              N

On veut esteindre vn feu par ses yeux allumé,
Et ne le point aimer quand on s'en voit aimé:
Sous ce dernier appas l'amour a trop de force,
Il iette dans nos cœurs vne trop douce amorce,
Et ce tyran secret de nos affections
Saisit trop puissamment nos inclinations.
Aussi ma liberté n'a plus rien qui me flatte,
Le grand soin que i'en eus partoit d'vne ame in-
     gratte,
Et mes desseins d'accord auecques mes desirs
A seruir Angelique, ont mis tous mes plaisirs.
Ie ne m'obstine plus à meriter sa haine,
Ie me sens trop heureux d'vne si belle chaisne,
Ce sont traits d'esprit fort que d'en vouloir sortir,
Et c'est où ma raison ne peut plus consentir.
Mais helas! ma raison est-elle assez hardie
Pour me dire qu'on m'aime apres ma perfidie?
Quelque secret instinct à mon bon heur fatal
Porte-t il point ma belle à me vouloir du mal?
Que de mes trahisons elle seroit vangée
Si comme mon humeur la sienne estoit changée!
Mais qui la changeroit, puis qu'elle ignore encor
Tous les lasches complots du rebelle Alidor?
Que dis-ie? miserable! ah! c'est trop me mesprendre,
Elle en a trop appris du billet de Cleandre,

*Son nom au lieu du mien en ce papier soubscrit*
*Ne luy monstre que trop le fonds de mon esprit.*
*Sur ma foy toutefois elle le prist sans lire,*
*Et si le Ciel vangeur comme moy ne conspire,*
*Elle s'y fie assez, pour n'en auoir rien leu.*
*Entrons à tous hazards d'vn esprit resolu,*
*Desrobons à ses yeux le tesmoing de mon crime:*
*Que si pour l'auoir leu sa colere s'anime,*
*Et qu'elle veille vser d'vne iuste rigueur,*
*Nous sçauons les chemins de regaigner son cœur.*

# SCENE
## QVATRIESME.

### DORASTE, LYCANTE.

### DORASTE.

NE sollicite plus mon ame refroidie,
Ie mesprise Angelique apres sa perfidie,
Mon cœur s'est reuolté contre ses lasches traits,
Et qui n'a point de foy, n'a point pour moy d'attraits.

*Veux-tu qu'on me trahiſſe, & que mon amour dure?*
*J'ay ſouffert ſa rigueur, mais ie hay ſon pariure,*
*Et tiens ſa trahiſon indigne à l'aduenir*
*D'occuper aucun lieu dedans mon ſouuenir.*
*Qu'Alidor la poſſede, il eſt traiſtre comme elle,*
*Iamais pour ce ſuiet nous n'aurons de querelle,*
*I'aurois peu de raiſon de luy vouloir du mal*
*Pour m'auoir deliuré d'vn eſprit deſloyal,*
*Ma colere l'eſpargne, & n'en veut qu'à Cleandre,*
*Il verra que ſon pire eſtoit de ſe meſprendre,*
*Et ſi ie puis iamais trouuer ce rauiſſeur*
*Il me rendra ſoudain & la vie & ma ſœur.*

## LYCANTE.

*Eſcoutez vn peu moins voſtre ame genereuſe,*
*Que feriez vous par là qu'vne ſœur mal-heureuſe?*
*Les ſoings de ſon honneur que vous deuez auoir*
*Pour d'autres intereſts vous doiuent eſmouuoir.*
*Apres que par hazard Cleandre l'a rauie,*
*Elle perdroit l'honneur, s'il en perdoit la vie,*
*On la croiroit ſon reſte, & pour la poſſeder*
*Peu d'amants ſur ce bruit ſe voudroient hazar-*
    *der:*
*Faites mieux, voſtre ſœur à peine peut pretendre*
*Vne fortune eſgale à celle de Cleandre*

Que l'excez de ses biens vous le rendent chery,
Et de son rauisseur faites-en son mary,
Encor que son dessein ne fust pour sa personne,
Faites-luy retenir ce qu'vn hazard luy donne,
Ie croy que cet hymen pour satisfaction
Plaira mieux à Philis que sa punition.

## DORASTE.

Nous consultons en vain, ma poursuite estant vaine.

## LYCANTE.

Nous le rencontrerons, n'en soyez point en peine,
Où que soit sa retraite, il n'est pas tousiours nuit,
Et ce qu'vn iour nous cache vn autre le produit.
Mais Dieux! voila Philis qu'il a desia renduë.

# SCENE
## CINQVIESME.

### PHILIS, DORASTE, LYCANTE.

### DORASTE.

MA sœur, ie te retiens apres t'auoir perdüe :
Et de grace, quel lieu recelle le voleur
Qui pour s'estre mespris a causé ton malheur ?
Que son trespas..,

### PHILIS.

       Tout beau, peut estre ta colere
Au lieu de ton riual attaque ton beau frere,
En vn mot tu sçauras qu'en cet enleuement
Mes larmes m'ont acquis Cleandre pour amant.
Son cœur m'est demeuré pour peine de son crime,
Et veut faire d'vn rapt vn amour legitime,
Il fait tous ses efforts pour gaigner mes parens,
Et s'il les peut flechir, quant à moy ie me rends,

Non pas, à dire vray, que son obiet me tente,
Mais mon pere content ie suis assez contente.
Tandis par la fenestre ayant veu ton retour
Ie t'ay voulu sur l'heure apprendre cet amour,
Pour te tirer de peine, & rompre ta colere.

### DORASTE.

Crois-tu que cet Hymen puisse me satisfaire?

### PHILIS.

Si tu n'es ennemy de mes contentemens
Ne prens mes interests que dans mes sentimens,
Ne fay point le mauuais si ie ne suis mauuaise.
Et quoy, ce qui me plaist faut-il qu'il te desplaise?
En cette occasion si tu me veux du bien
Regle (plus moderé) ton esprit sur le mien.
Ie respecte mon pere, & le tiens assez sage
Pour ne resoudre rien à mon desaduantage:
Si Cleandre le gaigne, & m'en peut obtenir,
Ie croy de mon deuoir...

### LYCANTE.

Ie l'apperçoy venir.
Resoluez-vous, Monsieur, à ce qu'elle desire.

# SCENE
## SIXIESME.

### DORASTE, CLEANDRE, PHILIS, LYCANTE.

#### CLEANDRE.

SI tu n'es, mon soucy, d'humeur à te desdire,
Tout me rit desormais, i'ay leur consentement.
Mais excusez, Monsieur, le transport d'vn amant,
Et souffrez qu'vn riual confus de son offence
Pour en perdre le nom entre en vostre alliance;
Ne me refusez point vn oubly du passé,
Et son ressouuenir à iamais effacé,
Bannissant toute aigreur receuez vn beau frere
Que vostre sœur accepte apres l'adueu d'vn pere.

#### DORASTE.

Quand l'aurois sur ce point des aduis differents
Ie ne puis contredire au choix de mes parents,

Mais

*Mais outre leur pouuoir vostre ame genereuse,*
*Et ce franc procedé qui rend ma sœur heureuse*
*Vous acquierent les biens qu'ils vous ont accordez,*
*Et me font souhaiter ce que vous demandez.*
*Vous m'auez obligé de m'oster Angelique,*
*Rien de ce qui la touche à present ne me picque,*
*Ie n'y prens plus de part apres sa trahison,*
*Ie l'aimay par malheur, & la hay par raison.*
*Mais la voicy qui vient de son amant suiuie.*

# SCENE
## SEPTIESME.

### ALIDOR, ANGELIQVE, DORASTE, &c.

#### ALIDOR.

*Finissez vos mespris, ou m'arrachez la vie,*

#### ANGELIQVE.

*Ne m'importune plus, infidelle. Ah, ma sœur,*
*Comme as-tu pû si tost tromper ton rauisseur?*

O

PHILIS à Angelique.

Il n'en a plus le nom, & son feu legitime
Authorisé des miens en efface le crime,
Le hazard me le donne, & changeant ses desseins
Il m'a mise en son cœur aussi bien qu'en ses mains,
Son erreur fut soudain de son amour suiuie,
Et ie ne l'ay rauy qu'apres qu'il m'a rauie.
Jusques là tes beautez ont possedé ses vœux,
Mais l'amour d'Alidor faisoit taire ses feux,
De peur de l'offencer te cachant son martire
Il me venoit conter ce qu'il ne t'osoit dire.
Mais la chance est tournée en cet enleuement,
Tu perds vn seruiteur, & ie gaigne vn amant.

DORASTE à Philis.

Dy luy qu'elle en perd deux, mais qu'elle s'en con-
sole,
Puisqu'auec Alidor ie luy rends sa parole.
　　　　à Angelique.
Satisfaites sans crainte à vos intentions,
Ie ne mets plus d'obstacle à vos affections,
Si vous faussez desia la parole donnée
Que ne feriez-vous point apres nostre Hymenée?

Pour moy, mal aisément on me trompe deux fois,
Vous l'aimiez, aimez-le, ie luy cede mes droits.

### ALIDOR.

Puisque vous me pouuez accepter sans pariure,
Mon ame, se peut-il que voſtre rigueur dure?
Suisie plus Alidor? vos feux sont-ils eſteints?
Et quand mon amour croiſt produit-il vos deſdains?
Voulez-vous....

### ANGELIQVE.

Deſloyal, ceſſe de me pourſuiure,
Si ie t'aime iamais ie veux ceſſer de viure.
Quel eſpoir mal conceu te r'approche de moy?
Auroiſie de l'amour pour qui n'a point de foy?

### DORASTE.

Quoy? le banniſſez-vous parce qu'il vous reſſemble?
Cette vnion d'humeurs vous doit vnir enſemble:
Pour ce manque de foy eſt trop le reietter,
Il ne l'a pratiqué que pour vous imiter.

### ANGELIQVE.

Ceſſez de reprocher à mon ame troublée
La faute où la porta ſon ardeur aueuglée,

O ij

Vous seul auez ma foy, vous seul à l'aduenir
Pouuez à vostre gré me la faire tenir.
Si toutefois apres ce que i'ay peu commettre
Vous me pouuez hair iusqu'à me la remettre,
Vn Cloistre desormais bornera mes desseins,
C'est là que ie prendray des mouuements plus saints,
C'est là que loing du monde & de sa vaine pompe
Ie n'auray qui tromper, non plus que qui me trompe.

### ALIDOR.

Mon soucy.

### ANGELIQVE.

Tes soucis doiuent tourner ailleurs.

### PHILIS. à Angelique.

De grace prends pour luy des sentiments meilleurs.

### DORASTE. à Philis.

Nous leur nuisons, ma sœur, hors de nostre presence
Elle se porteroit à plus de complaisance,
L'amour seul assez fort pour la persuader
Ne veut point d'autre tiers à les r'accommoder.

### CLEANDRE. à Doraste.

Mon amour ennuyé des yeux de tant de monde
Adore la raison où vostre aduis se fonde.

*Adieu belle Angelique, Adieu, c'est iustement*
*Que vostre rauisseur vous cede a vostre amant.*

DORASTE. à Angelique.

*Ie vous eus par despit, luy seul il vous merite,*
*Ne luy refusez point ma part que ie luy quitte.*

PHILIS.

*Si tu t'aimes, ma sœur, fais-en autant que moy,*
*Et laisse à tes parens à disposer de toy.*
*Ce sont des iugements imparfaits que les nostres.*
*Le Cloistre a ses douceurs, mais le monde en a d'au-*
        *tres,*
*Qui pour auoir vn peu moins de solidité*
*N'accommodent que mieux nostre fragilité.*
*Ie croy qu'vn bon dessein dans le Cloistre te porte,*
*Mais vn despit d'amour n'en est pas bien la porte,*
*Et l'on court grand hazard d'vn cuisant repentir*
*De se voir en prison sans espoir d'en sortir.*

CLEANDRE. à Philis.

*N'acheuerez-vous point?*

PHILIS.

        *I'ay fait, & vous vay suiure.*

*Adieu, par mon exemple apprends comme il faut*
    *viure,*
*Et pren pour Alidor vn naturel plus doux.*

ANGELIQVE.

Cleandre,<br>Doraste,<br>Philis, &<br>Lycante<br>r'entrent.

*Rien ne rompra le coup à quoy ie me resous.*
*Ie me veux exempter de ce honteux commerce*
*Où la desloyauté si pleinement s'exerce.*
*Vn Cloistre est desormais l'obiet de mes desirs,*
*L'ame ne gouste point ailleurs de vrais plaisirs.*
*Ma foy qu'auoit Doraste engageoit ma franchise,*
*Et ie ne voy plus rien puis qu'il me l'a remise*
*Qui me retienne au monde, ou m'arreste en ce lieu.*
*Cherche vn autre à trahir, & pour iamais, Adieu.*

# SCENE

ALIDOR.

STANCES en forme d'Epilogue.

*Qve par cette retraite elle me fauorise!*
   *Alors que mes desseins cedent à mes amours,*
*Et qu'ils ne sçauroient plus defendre ma franchise,*
*Sa haine, & ses refus viennent à leur secours.*

I'auois beau la trahir, vne secrette amorce
R'allumoit dans mon cœur l'amour par la pitié,
Mes feux en receuoient vne nouuelle force,
Et tousiours leur ardeur en croissoit de moitié.

Ce que cherchoit par là mon ame peu rusée,
De contraires moyens me l'ont fait obtenir:
Ie suis libre à present qu'elle est desabusée,
Et ie ne l'abusois que pour le deuenir.

Impuissant ennemy de mon indifference,
Ie braue, vain amour, ton debile pouuoir,
Ta force ne venoit que de mon esperance,
Et c'est ce qu' auiourd' huy m' oste son desespoir.

Ie cesse d'esperer, & commence de viure,
Ie vis d'oresnauant puis que ie vis à moy,
Et quelques doux assauts qu'vn autre obiet me liure,
C'est de moy seulement que ie prendray la loy.

Beautez, ne pensez point à resueiller ma flame,
Vos regards ne sçauroient asseruir ma raison,
Et ce sera beaucoup emporté sur mon ame
S'ils me font curieux d'apprendre vostre nom.

Nous feindrons toutefois pour nous donner car-
    riere,
Et pour mieux desguiser nous en prendrons vn peu,
Mais nous sçaurons tousiours rebrousser en arriere,
Et quand il nous plaira nous retirer du ieu.

Cependant Angelique enfermant dans vn Cloi-
stre
Ses yeux dont nous craignions la fatale clarté,
Les murs qui garderont ces tyrans de paroistre.
Seruiront de remparts à nostre liberté.

Ie suis hors du peril qu'apres son mariage
Le bon heur d'vn ialoux augmente mon ennuy,
Et ne seray iamais suiet à cette rage
Qui naist de voir son bien entre les mains d'autruy.

Rauy qu'aucun n'en ait ce que i'ay peu pretendre
Puis qu'elle dit au monde vn eternel Adieu,
Comme ie la donnois sans regret à Cleandre,
Ie verray sans regret qu'elle se donne à Dieu.


F I N.